이것으로 우리가 조금 가까워졌다고
믿고 싶은 마음입니다

오늘은
예쁜 걸 먹어야겠어요

오늘은
예쁜 걸 먹어야겠어요

박서련 일기

자가
정신

작가의 말을 대신하여

2021년 12월 1일

갑자기 산문집을 내게 됐다. 초봄에 외서 추천사 청탁을 해왔던 출판사와 늦봄에 미팅을 했고, 원래는 다른 책 이야기를 하려고 만났던 그 미팅 자리에서 산문집 이야기가 나왔는데, "저는 제가 쓰는 글 중에서 일기가 제일 재미있다고 생각한다" 같은 말을 했던 기억이 어렴풋이 나고…… 그렇게 됐다. 정신을 차리고 보니 지난 몇 년간 쓴 일기 중 생판 남에게 보여도 되겠다 싶은 원고들을 추려 보낸 지도 몇 달이 지났고 늦가을에는 책을 낼 준비가 됐다는 연락을 받았다. 별안간, 갑자기 말이다. 편집자를 만나고 원고를 넘기는 등의 사건들도 서로 몇 개월의 간격을 두고 일어났기 때문에 책을 만드는 데에 통상 드는 시간을 생각하면 객관적으로 그렇게까지 뜻밖의 사건이 아니어야 할 텐데, 어쩐지 나에게는 그렇다.

일기를 쓰지 않은 나날에 대해 한참 생각했다. 다른 사람의 손에 맡겨둔 내 일기가 책이 되어가는 동안에. 마지막으로 일기를 쓴 지는 2년이 넘었고 올 중순부터는 일기 대신 작업일지를 쓰던 참. 예전에는 어떤 일이 며칠에 일어났는지를 확인하기 위해 홈페이지(일기를 '연재'하고 있었다)를 보곤 했는데 요즘은 메일함을 열어 날짜를 참고한다. 그나마도 과거사를 분명히 기억해내기 위해서가 아니라 장차 일어날 사건이 정확히 언제 일어날지를 알기 위해서에 가깝다. 식사 약속이라든가 원고 마감이라든가 꼭 참석해야 하는 행사라든가.

그러면 일기를 책으로 내기 전에 마지막으로 일기를 하나 더 써서 그걸로 작가의 말을 대신하면 어떨까 하는데요. 라는 의견을 전하자 편집자님도 좋다고 했다. 그게 이거다. 원래는 일주일쯤 전에

쓰려고 했는데 하필 그날 컴퓨터가 고장 나(11/24)
쓰지 못한 일기. 쓰려다 못 썼더니 첫 문장이 지치지도
않고 머릿속을 헤집고 다녔다. "갑자기 산문집을 내게
됐다." '갑자기'가 '별안간'이 되거나 '됐다'가 '생겼다'로
바뀌거나…… 등등의 변형도 때때로 일어났지만
뜻은 그대로였고 그게 첫 문장이어야 한다는 생각도
변치 않았다. 산문집의 첫 문장으로는 멋대가리가
없겠지만 오랜만에 쓰는 일기의 첫 문장으로는
더없이 정직하다고 믿기 때문에 그렇게 하기로 했다.

오랜만에 쓰는 일기에 무엇을 더 고백해야
하나. 일기라는 존재를 한동안 연락이 뜸했던
친구로 의인화할 때 내가 하고 싶은, 해야 할 것 같은
얘기는……

나 차 샀다?

스스로 평가하기에 나는 자랑에 그다지 소질이
없는 편인데, 그사이 내게 일어난 또는 내가 일으킨
일들 가운데 가장 작은 자랑거리가 이것이다. 내게는
그동안 좋은 일이 많이 있었다. 서른세 살이 되어 첫
차를 산 일(객관적으로 빠르지 않다는 것—더구나 중고로

구입한 경차—을 알지만 동종, 인접 업계 종사자 대다수가 자가용 구입을 고려조차 하지 못한다는 사실을 감안해야 한다) 정도는 우스울 만큼이나 좋은 일이 꽤 있었다. 물론 나쁜 일들도 있었지만…… 일기가 의인화되어 나와 대화할 수 있다면 연락이 뜸할 동안에 일어났던 나쁜 일들에 대해서는 함구하는 게 예의겠지. 자기가 모르는 사이 내게 있었던 좋은 일과 나쁜 일 모두를 나 자신보다 훨씬 예민하게 받아들일 테니까.

나는 일기가 아니지만 일기는 나니까.

> 20대 후반과 30대 초반에 나는 손대는 일마다 실패하는 참담한 시기를 겪었다. 결혼은 이혼으로 끝났고, 글 쓰는 일은 수렁에 빠졌으며, 특히 돈 문제에 짓눌려 허덕였다.

폴 오스터의 『빵 굽는 타자기』의 시작 부분이다. 언젠가 산문집을 내게 되면 이 단락으로 시작해야지 하는 결심이 있었다. 꽤 오랫동안. 이십 대 초반에 이 책을 처음 읽었을 때 첫 몇 문장을 보자마자 울어버렸다. 언젠가 내가 산문집을 내게 되면 이 문장들을 꼭 인용해야지 하는 결심도 첫눈에 품었다. 이후로도 그 책을 펼칠 때마다 눈물을 삐질삐질 흘렸다. 그 참담한 시기에 대한 서술이 본격적으로 시작되는 이후 부분에서는 오히려 눈물이 나지 않았는데 유독 첫 문단만 보면 눈물이 났다. 어떤 길고 어두운 시기를 지나온 사람이 그때는…… 그랬다, 하고 담담하게 줄여 말하는 심정에 대해 상상하며 울었던 것 같다. 참 울 일도 흔하구나, 너네 엄마 죽을 때나 그렇게 울어보지 그러니, 하는 우리 모친 스타일의 빈정거림도 물론 떠오르고, 나 역시 스스로의 유난스러움을 어느 정도는 알고 있지만…….

아마도 나는 그때 이미 뭔가를 예감하고 있었던 것 같다. 그 생각을 하면 눈물이 나는 이유가 그 전과는 완전히 달라진다. 한동안은 소원했으나 그전까지의 나를 낱낱이 알고 있는 나의 일기는 내가 왜 우는가를 정확하게 이해해줄 것이다.

차례

여행기

월기

일기

이런 나라서 미안해

2015년 8월 21일

오래전에 두어 번 같이 잤던 애가 무슨 국제영화제 본심에 올랐다는 얘기를 전해 들었다. 얘기를 해준 사람은 그게 걔라는 말은 뺐지만 나는 듣자마자 누군지 알 수 있었다. 걔는 내가 그때까지 만나본 사람 중 두 번째로 위험한 미치광이였는데, 어느 날 으뜸가는 미치광이와 만나서 싸웠고 이빨이 부러졌다고 들었다. 이상한 얘긴데 이 이상 정확하게 요약할 수가 없다.

혼자 누워 있으면 가끔 과장님 생각이 난다.

10년 전에는 선생님이라 불렀고 이듬해쯤에는 대리님이라 불렀고 그다음부터는 쭉 과장님이다. 그전에도 이따금 과장님께 두 번째로 전화를 걸었던 때의 대화를 떠올리곤 했다. 나는 어른을 대하는 일에 무척 서툴고 내가 받아야 할 것이 있을 때는 더더욱 떠는 편인데, '우리 사이에 왜 그렇게 극존칭을 쓰니?'라고 하셨다. 전화를 끊고 나서 과장님이 말하는 우리 사이라는 것이 대체 어떤 사이인가에 대해 한참 생각해봤다. 독서실에서였고, 열아홉 살 때였다. 그때 그 말은 심하게 긴장한 나를 배려한 예의바른 농담이었을 테고, 한 달쯤 전에 봤을 때(7/13) 한 말은 진담이었을 거라는 게 내 생각이다. 좀 잘 살지, 기지배야. 라고 하면서 과장님은 울었다. 처음 봤을 땐 마냥 애기라고 생각했는데, 지금도 애기 같은데, 이제 네 얼굴에서도 나이가 조금 보인다. 그리고 이런 말 이상하겠지만 내 동생 같아서…… 좀 잘 살지. 잘 좀 살지. 이게 뭐니?

글쎄요. 당신이 울 만큼 내가 중요한 사람인가요? 이런 유치한 말을 속으로 곱씹으면서 엘리베이터 안에서 나도 울었다. 내가 뭐라고. 내가 뭐라고. 사실은 기뻤던 것 같기도 하다.

한동안 꾸준히 놀다가 생일에는 일을 했다(8/8). 생일 파티의 형식을 그 오래전부터 고민했는데(이 또한 맥락이 있다: 생일 파티라는 것에 사람을 둘 이상 초대해본 적이 없어서 한 번은 성대한 파티를 꼭 해보고 싶었는데, 그게 올해면 어떨까 했던 것이다) 생일에 행사를 치르게 되니 모든 계획이 없던 것이 되었다. 잊지 않고 내 생일을 챙겨준 몇 안 되는 사람들 중에 또 몇 안 되는 사람들이 생일 축하 자리를 따로 마련해주었다(8/14). 거기에서 월드 프리미어로 털어놓은 얘기가 있는데, 내가 태어나서 부린 주정 중 두 번째로 나쁜 것에 대한 거였다. 최악의 주정은 이미 여러 곳에서 안주로 써먹었기 때문에 어쩐지 최악 같지 않고, 그동안 너무 아껴온 탓에 두 번째로 나쁜 주정이 더 나쁜 주정처럼 되었다. 내용은 별게 아니다(아니, 아무리 그래도 내가 이렇게 말하면 안 되지)— 그래도 역시 말하고 싶지 않다. 지금은 취하지 않은 채이기도 하고.

너무 자기 검열이 심한 거 아냐?라는 말도 있었다(8/3). 처음 보는 어른들이 잔뜩인 술자리에서, 그래도 두 번째 보는—조금 덜 어른인 사람이 해준 말이다. 물론 이건 내가 답정너처럼 나 오늘 실수하지 않았지? 정말이지? 하고 거듭거듭 물었기 때문에 귀찮아서 해준 대답일 가능성이 크지만,

나의 나 됨을 사과하는 것도 이제는 다소 촌스러운 일인 걸 안다. 그래도 그걸 매번 염려해주는 사람들에게는 어쨌든, 포즈로서가 아니라, 진심을 담은 사과를 해야 한다. 어떻게 말하지. 나에게 실망하면 어떡하지. 나를 싫어하게 되면 어떡하지— 따위를 걱정하다가 결국 말하지 못한 일이 너무 많다. 내 입으로 전하지 않은 채 드러나버리는 비밀들은 감당하기가 더 어렵고, 나는 비밀이 너무 많아서 금세라도 터져버릴 것 같은데

그러니까 맹목적으로 맹목적으로 맹목적으로 나를 긍정해주는 내 편이 내게는 필요하고, 그게 꼭 사람이어야 할 필요까지는 없는…… 바로 이런

생각에서 미친 영화감독 지망생과 잤던 것 같다. 이건 굳이 말할 필요가 없어서 비밀인 동시에 내가 가지고 있는 비밀들 중 가장 나쁜 축에 드는 이야기인데, 이걸 들었으니 당신은 이제 나를 미워해선 안 된다.

베들레헴의 인구조사

2016년 2월 14일

언젠가 다시 친구가 될 수도 있겠지. 충분히 많은 날이 흐르고 당신도 나도 살아남은 채라면. 하지만 그런 가능성을 점치는 것만으로도 눈물을 참을 수 없는 걸 보면 정말 오랫동안 기다려야 할 거야. 어쩌면 신전이 새로 지어지고 무너지고 로켓 발사대가 설치되고 폭파되고 그 자리에 다시 신전이 건축될 때까지.

요약하면 개수작이다. 술자리에서 마지막까지 남은 타인이 한잔 더 하자고, 자기가 잘 아는

동네로 가자고 하는 종류의 개수작. 이미
끝났다고 생각한 사람이 자살을 암시하는
문자 메시지를 보내며 관심을 끄는 등의
개수작. 하는 말마다 맞장구치고 내가 자기
얘기에 동의하지 않는 것 같으면 눈치를
보면서 입장을 철회하는. 그런. 모든. 개수작.

헤롯 왕은 베들레헴에서 왕이 태어났다는 소식을 듣고 그 도시의 두 살 미만 남자애들을 몰살하라 명했다. 이와 비슷한 일화가 출애굽기에도 있었는데, 모세가 태어날 즈음 이집트의 횡포가 극에 달하여 산파들에게 명하기를 유다 족속에서 사내아이가 태어나면 엎어서 죽이라는 명령을 내렸다는 것이다.

그럼 여자애들은? 여자애들은 그냥 이집트인의 씨를 받기만 하면 이집트인이 되나?

그런 생각으로 괴롭다.

모라토리엄

2017년 2월 9일

한동안은 정신 일부가 마비된 사람처럼 살았다, 는 소감이다. 누가 웃으면 따라 웃고 누가 화내면 따라 화내고

누가 울면 그건 따라하기가 난처해서 어쩌지, 어쩌지 하고 서 있었다, 는 생각이다.

좀 더 마음이 맑았을 때 나는 어떤 사람이었지? 누가 웃으면 화내면 울면, 아무 표정 없이 물끄러미 보면서

내가 어떻게 해야 저 사람이 나를 좋은

사람이라고 생각할까 하는 사람이었을
것이다.

어려 보인다는 말은 이제 전혀 칭찬으로 들리지 않는다. 더구나 일터에서 들으면 나잇값을 못하는구나, 라는 말을 다르게 표현한 것으로밖에 들리지 않는다. 오늘도 그런 말을 들어서—머릿속으로 자동 연산을 거친 뒤—아…… 죄송합니다, 라고 대답했다. 상대방은 의아해하며 뭐가 미안해?라고 했다. 어려 보인다는데 미안하다고? 네. 죄송해요.

죄송하다는 말을 너무 많이 써서 정말 중요할 때 쓸 죄송하다는 말이 남아 있지 않아 당황하게 되는 상상도 종종 하는데

나는 총량론자가 아니다.
아니려고 노력하고 있다!

모라토리엄(moratorium, 지급 유예)은 백룸 싱크를 보면서 계속 떠올린—정확히는 떠올리려고

노력한—단어다. 열 시에는 컨디먼트 바를 마감해야 하는데 끝없이 설거지/분리수거 감이 밀려들어 와서 식기세척기를 아무리 돌려도 싱크가 계속 꽉 차 있는 걸 보면서 이럴 수가, 탄식하면서 이럴 때…… 못한다고 하고 싶을 때 뭐라고 하더라…… 하면서/ 끝내 몇 시쯤 그 단어가 떠올랐더라? 셜리, 그만 나가서 플로어 마감 돌아주세요, 라는 말을 들었을 때였나.

일기 제목을 그걸로 정한 내심은 아마 나 지금 나의 나 됨 감당하기 힘들어, 라는 말을 하고 싶어서였던 것 같아.

구 룸메이트한테 전화가 왔다. 연달아 다섯 통 정도. 나는 전화를 피하는 사람은 아니다. 내가 '나는'이라는 주어를 써서 선언적으로 말할 때는, 정확히는, 실제로 내가 그런 사람이라서 그렇게 쓰는 게 아니고, 그런 사람이려는 안간힘 같은 게 배어 있다, 이 문형을 나는 그런 용법으로 쓰고 있다.

기가 막히게도 집에 돌아와 문을 잠그는 순간에 진동이 울렸고, 당연히 이름을 보는 순간 1차 화가 났고 전화 받아서 목소리에서 풍기는 술 냄새에 2차 화가 났고 첫마디가 "뭐 해요?"인 것이 3차로 화가 났다.

이런 식으로 무엇에 화가 났는지 헤아리는 일은 큰 의미가 없다. 무량대수에서 -1 한 횟수로, 그러니까 무한에 가깝게, 그러나 셀 수 있는 횟수로 화가 났다고 생각한다.

이런 순간에 나한테 방금 무슨 일이 있었는지 다 털어놓을 만한 사람

까진 아니어도 그냥 나 힘들어, 라고 말할 만한 누가 있어야 하는데(말하고 싶지만 말할 수 없는 사람이면 더 좋겠다고 생각했다, 말하자면 연인이 있어야 한다는)(이렇게 다이렉트로 써놓으면 꼭 촌스러워진다)(어쩌라고 씨발…… 지금 내가 세련된 거 찾게 생겼냐고)

그게 없다는 게 마지막으로 화가 났다.

구 룸메이트의 속셈을 안다. 내가 적당히

고생하다가 제 곁으로 돌아오리라고 생각하고 있을 것이다. 전화 너머 술 취한 비염 환자의 푸— 푸— 하는 숨소리를 들으면서, 짜증을 참으면서, 또 이러네, 하면서 그 생각을 전혀 눈치채지 못한 척 시침 뗐다.

구 룸메이트가 그따위 생각을 하는 것도 당연하다. 내가 그에게 약한 모습을 너무 많이 노출했기 때문이다. 그에게 나는 쉽게 용서하고 어렵게 용서 구하는 사람이다.

마지막으로 그의 집을 나왔을 때는, 뭐라고 말해야 할까, 별 계기가 없었다. 그래서 (근 몇 개월간 별로 받은 적 없는 질문이긴 하지만) 구 룸메이트와의 사이에서 대체 무슨 일이 있었냐는 질문을 받아도…… 대답할 말이 없다.

나는 아주 지쳤고 더는 이런 식으로('이런 식으로'는 어떤 식인가 하는 질문은 제발 참아줬으면…… 그에 대한 생각을 정리하는 데에도 아주 긴 시간이 필요할 것 같다……) 살고 싶지 않다고 생각했고, 마트 가는 길에 조금 다투었고, 장을 보다가 우리 이것도 사자, 는 식의 일상적인 말투로 그만하자, 고 했다(그때도 울고 있기는 했다).

잘 설명하긴 어렵지만 내겐 뚜렷한 감정적
동기가 있었으나
구 룸메이트는 아직도 자기가 무슨 일을 겪은
건지 모르는 모양이고
말했듯이 난 그걸 잘 설명할 자신이 없으며 구
룸메이트에게 설명하고 싶은 생각은 더더욱
없다.

그런 통화였다. 구 룸메이트가 멀리에서 방아쇠를 당기자 막 문을 잠그고 불을 켜려던 나에게, 천장으로부터 산탄이 떨어진 것 같은, 뭐 그런.

구 룸메이트는 한 네 발 정도 연사하고선 마치 자기가 총을 맞은 것처럼 흐느끼면서 끊었다.

뜻밖에도 이럴 때는 모친 생각을 하는 게 도움이 된다. 그 여자가 다름 아닌 내 모친이어서는 아니고, 20여 년의 모진 결혼—착취—생활을 성공적으로 청산하고 자립한 어떤 여자로서, 모친은 존경받아

마땅한 사람이다.

그래도 내가 보고 듣고 겪은 일들을 곧이곧대로 말할 수는 없다. 방 안 어딘가에 걸린 인비저블 말대가리가 이렇게 경고한다: “공주님, 이 일을 아시면 당신 어머니는 가슴이 찢어져 죽고 말 거예요.” 『거위치기 아가씨』라는 동화에 나오는 말이다.

구 룸메이트는 재미있는 사람이었다. 다들 그를 좋아한다. 내 경우를 말하자면 구 룸메이트와 함께 만든 것들, 말하자면 둘 사이의 문화 같은 것들, 그런 게 문득 떠올라 가끔 웃기까지 한다. 2, 3년 전 처음으로 헤어질 결심을 했을 때 이후로 몇 번 다시 만나면서(하아 씨발 지저분하기도 하지……) 아주 솔직해지자면, 다행이라는 생각을 많이 했다. 개네 집에 있는 내 책들…… 개랑 만든 수만 가지 유행어와 놀이들…… 온갖 재미있고 맛있고 기이하고 즐거운 것들…… 그런 거 잃지 않아도 되어서 너무 다행이라고 생각했다.

물론 이런 것들 모두 지금은……

나는 예쁘고 산뜻하고 재미있는 것들에 대한
나의 직관을 아끼는 사람이고
나는 내 기준에서 너무 벗어나 있고
나는 내가 그만 죽었으면 좋겠다.
제일 싫은 건 이렇게 형편없으면서도 죽고
싶지 않은 너절함이다.
품위라곤 하나도 없다.

티라미수는 맛있기도 어렵고 맛없기도 어렵다

2017년 5월 6일

다음 주면 3주 연속 목요일 휴무가 된다. 큰 의미가 있는 사실은 아니다. 지난주 목요일에 혜화에서 면접이 있었다. 끝난 뒤 탑텐에 들러 검정색 피케셔츠를 한 벌 사고 ABC마트에서 운동화를 구경한 뒤 인터넷으로 주문했다. 면접 결과는 화요일에 나온다고 했다.

토요일에 필름 두 통을 현상했다. 망원사진집이 아직 있는 줄 알고 갔다가 이미 사라진 걸 알고 합정사진관으로 발길을 돌렸는데 거기도 그날따라

닫혀 있어서 하는 수 없이 홍대 스코피까지 갔다. 여섯 시가 넘어서 즉석 현상은 할 수 없다고 했다. 그렇군요 하고 필름만 맡기고 나왔다. 아니다, 생각해보니 그보다 훨씬 많은 말을 했다. 불안했기 때문이다.

어떤…… 막막함이…… 중첩되었다.

36컷짜리 필름을 두 통이나 맡기는 참이었지만 그 필름들은 사실 낭비된 걸지도 모른다는, 아무 이미지도 안 찍혀 있을지도 모른다는 생각을 쭉 하고 있었다.

카메라는 작년 5월쯤 암스테르담에 사는 조엘이라는 사람에게서 산 것이다. 해외 중고 필름 카메라 시세는 tested(필름을 넣어 사진을 찍어본 카메라)가 untested의 두 배에서 네 배가량 되고, tested leica Z2X는 대략 200유로 초반 대에 거래되는데, 조엘이 내게 판 카메라는 100유로가 조금 안 되는 untested였다. 상품 설명에는 "일단 깨끗하고 상태가 좋아 보이지만 고장나지 않았다고 장담할 순 없어"라고 쓰여 있었던 것으로 기억한다. Z2X 자체가 그렇게 오래된 모델은 아닌지라 외부가 깨끗하다면 기능도 큰 문제가 없으리라 생각하고 나름의 도박을 벌인 것이었다.

필름을 받은 직원은 월요일에 웹하드를 확인해달라고 했다. 나오면서 그것참, 하고 생각했다. 월요일에 사진이 무사히 나온 걸 보면 화요일에 나올 면접 결과도 왠지 좋을 것 같아, 하는 유치한 생각을 하며 걸었다. 만약 내가 탄 배의 돛이 붉은색이면 내가 이무기를 이긴 것으로 알아주오…… 뭐 그런

인과도 상관도 없는 것들끼리 미신적이고 자의적인 관계를 만들어 짝짓는

그런 건 인간만 하는 짓이고 그래서 그게 문학이 아닌가 하는 뭐 그런

그런 생각도 들었다.

그 전주 금요일쯤 시작되어 끈질기게 찔끔찔끔 계속되던 생리가 그다음 날로 끝났다. 무슨 정신으로 주말을 났는지 모르겠다. 돌아온 월요일은 네 시 반까지 출근하는 날이었는데 세 시에 일어났다.

머리가 완전히 마르는 데에 두 시간은 걸리기 때문에 준비를 서둘러야 했다. 와중에 스코피 웹하드에 들어가봤다. 토요일에 맡긴 사진이 빠짐없이 현상되어 있었다. 기쁘면서도 맥이 풀렸다.

겨우 일흔한 장의 사진
1년간 필름 두 통

달리 말해 나는 1년이나 무서워하고 있었던 것이다. 망가진 카메라를 100유로나 주고 산 걸지도 모른다는 망상이 현실이 될까 봐(물론 그 반대의 경우도 가능하다는 생각 또한 늘 하고 있기는 했지만—그렇게 생각했다가 실망하게 되면 더 슬플 거란 생각이 후속으로 연속으로 자꾸자꾸 들었다).

아무튼 그러니까 월요일에 카메라의 무사함을 확인받아서 화요일도 좋은 소식을 듣게 되지 않을까 하는 기대를 품고 말았다(위에서 괄호로 열심히 부연했듯이 역시 좋은 기대를 품었다가 반대의 결과를 마주하게 되면 받게 될 내상 같은 것도 물론 생각하고 있었다)는 것인데—오, 이건 내가 일기에 잘 쓰지 않는 문장인데—기대가 현실이 되었다.

요 몇 년은 유독…… 난이도가 좀 있는
캐릭터를 플레이하는 기분이랄지, 어쩐지
쉽거나 재미있는 이벤트가 별로 없는
페이즈를 플레이하는 기분이랄지.

가령 한 일주일 전에 나는 약 2개월 전 삭제했던 〈아이작의 번제: 리버스〉를 재설치했고 그저께부터 〈The Lost〉 캐릭터 챌린지 중인데 이 캐릭터는 피맥이 0이어서 한 대만 맞으면 바로 게임오버가 뜬다. 당연히 몹시, 존나, 미친 듯이 어렵다. 가끔 그런 기분이라는 것이다, 초보 필드에 나오는 허접 몬스터와 스치기만 해도 혼수상태가 되는 초약체 초무능 캐릭터를 지상 최악의 실력을 지닌 게이머가 운영하고 있는 거나 다름없다는 생각. 캐릭터가 약하고 난이도가 독하다면 당연히 에픽 레어 아이템이나 데우스-엑스-마키나적인 이벤트나 기다려야지 별수 있나.

그러다 보니 좋은 일이 있을 때마다 그 힘으로 얼마를 더 갈 수 있을까, 며칠을 더 버틸 수 있을까를 생각해보게 되는데, 이번 주에는 왠지 필드 드롭 아이템이 넉넉한 것 같달지?(좀 구리고 우습긴 하지만 결국 수중에 돈이 생기는 이벤트가 발생한 거라서 알고 보면 현실과 그리 멀지 않은 비유다.) 그래서 '그때' 게임을 끄지 않아서 다행이라는 생각을 제법 자주 하게 된다. 이 생각을 할 때마다의 '그때'는 매번 바뀌지만

> '묵죽을 그리는 데 도가 따로 있는 것도 아니요, 없는 것도 아니다.'

모 시인이 좋은 시를 논할 때 매번 인용하는 추사의 문장이다. 목요일에 만난 언니와 빌리프 커피에 갔는데 티라미수는 맛이 미묘해서 손이 안 간다고 하니 언니가 그랬다. 티라미수는 맛있기도 어렵고 맛없기도 어렵지. 언니와 밥을 먹다가 울었다. 밥 먹다가 운다고 재수 없다는 말을 듣지 않아도 되는 사이라서 좋았다.

금요일은 언니의 생일이었고 목요일은 함께 일하는 사람 중 한 명의 생일이었다. 선물을 고르느라 목요일 열 시 반부터 30분 넘게 교보문고 핫트랙스를 빙빙 돌았다. 여행 용품이 좋을까 문구류가 좋을까 고민하면서 빙빙 돌다가 여행용 콘센트 어댑터를 샀다. 거의 밤을 새다시피 한 다음이라 판단력이 흐려져 있었던 것 같다.

소리는 파동 빛은 입자 나는 엉터리 그냥 그런 기분으로
무척 유쾌했다 나른하고 늘어진 채로

금요일 출근 전에 오늘 반드시 해치워야지, 라고 생각한 일 두 가지가 있었는데 동튼 다음에야 잠든 바람에 또 출근 두 시간 전에 깨버렸다. ㄱ. 빌어먹을 윈도우 PC만 접근 가능한 지원금 교부 전용 국가 어쩌구 사이트에 가입하는 것과 ㄴ. 사전투표였는데 어찌어찌 한 시간 반 만에 둘 다 해치웠으며 출근도 아주 일찍 했다. 별 실수 없이 일을 마치고 퇴근했다. 이 일기를 이틀째 쓰고 있다.

공기 질이 아주 나빠서 담배 필터를 물고 숨 쉬는 게 차라리 몸에 좋게 느껴질 정도다. 아아 세계는 어찌 되려는 걸까, 하고 생각하며 어깨에 담요를 둘렀다. 세계 걱정을 자연스럽게 하고 나면 기분이 좋아진다. 일시적으로나마 스스로에 대해서는 더 이상 걱정할 게 없는 것 같은 착각이 든다.

없었던 일로

2017년 5월 30일

— '과식을 하고 나면 소화제를 먹을 것'은
간단하고 합당한 해결책인데 족히
스물여덟 해는 안 그랬다. 그러면 된다는
것을 안 지 채 한 해가 못 되었다. 친구의
친구가 그런 습관을 가지고 있고(사람을
만나는 날에는 필연적으로 밥과 간식을 많이
먹게 되므로) 평소에도 생약 성분 한방
소화제 몇 포를 지니고 다닌다는 이야기를
들은 것이 계기.

— "없었던 일로"는 소위 '칼로리컷' 다이어트 보조제다(나는 기본적으로 소화제라고 믿고 있다). 90포에 거의 10만 원에 육박하는 고가의 제품이고 이따금 올리브영 등의 드럭스토어에서 세일할 때가 있어 작년에 한번 먹어봤다. 제품명이 멋지다. 마음껏 먹고, 그것을 "없었던 일로" 만든다는, 참으로 멋진 사고방식에서 나온 작명이 틀림없다. 물론 어떤 일도, 이미 일어난 일들은, 심지어는 상상된 일들 중 일부 또한, 결코 없었던 일이 되지 않는다. 이 사실 자체는 중립적이지 않냐, 가혹하기도 하지만 언젠가 도망칠 성역이 되기도 하는.

— 반半공개의 장소에서 일기를 쓴 지 오래되었고 가끔 애독자를 자처하는 사람들이 있다. H가 그중 한 명인데 지금 이 일기가 쓰여가는 것을 옆에서 보고 있다.
그저께 H와 술을 마셨다. H가 대학 시절의 지인과 만나고 있다기에 나도 아는 사람이니

내키면 불러달라고 했고, 그 요청이 수락된
거였다. 악어에서 안주 세 개를 시키고
두어 시간 노닥거리다가 걸어서 한강에 가
캔맥주를 마신 다음 내가 가끔 혼자서 가는
코인 노래방으로 갔다.

— H의 친구이고 나의 지인이기도 한 그 사람은
기상학을 전공하고 있으므로 이 일기에서는
기상학도라고 부르자. 기상학도는 시를
쓰고 기상을 공부한다. 나는 그 애가 나를
싫어한다고 오래 믿어왔고 그 애도 그런
이유에서 내가 그 애를 싫어하는 것을 알고
있었다 한다. 하여 서로 섞일 일이 별로 없으되
딱히 서로를 떠올릴 이유는 없어서 많이
미워하지는 않는 채의 비非관계가 유지되어
왔는데 그저께는 어쩐지 그런 생각들을
청산하고 싶은 생각이 들었다. 영속되는
선의가 없다면 영속되는 악의도 없는 게
당연하지 않냐 뭐 그런 생각이었다. 만나서
첫 담배를 피우면서부터 다짜고짜 P야 나는

네가 나 싫어하는 줄 알았어, 너도 그런 줄 알았지? 하고 물었고 기상학도는 쑥스러운 듯이 웃었고…… 이후 몇 시간 함께 있는 동안 더 이상 그에 대한 이야기는 하지 않았다.

— 기상학도에게서 기상학에 대한 흥미로운 이야기를 몇 가지 들었다.

— 지난 일기를 쓴 지 며칠 지나지 않은 어떤 시점에 돌연 퇴사를 결심했다. 퇴사 일자를 받은 지는 오늘로 사흘째가 된다—6월 30일까지 나는 일하게 된다.

— 지난 금……요일이었던가, 대학로에서 한예창(한국예술창작아카데미를 지금은 나만 이렇게 줄여 부르고 있지만 언젠가는 모두가 이렇게 부르리라고 믿고 있다) 첫 공통 과정 수업이 있었고 그날의 테마는 문학이었으며 강사는 김민정 시인/편집자였다. 강의가 끝나고 나서 연구비 활용 계획서 작성

요령에 대한 오리엔테이션-오리엔테이션이
있었는데 그러고 보니 그날까지 신규 계좌를
개설해놨다가 통장 사본을 제출해야 했다.
완전히 잊고 있었기 때문에

— 월요일인 오늘 오전에 농협에 가서 계좌를
열고 대학로 사무실에 제출하고 출근했다.
잠을 잘 못 자서 피곤할 거라 생각했지만
뜻밖에도 몸이 가뿐했다. 자전거를
망원역까지 몰고 갈 때 마침 오늘 입은 옷의
부푼 소매랑 등 쪽으로 시원한 바람이 듬뿍
들어왔고…… 머리를 높이 묶었으므로 뒷목은
드러난 채로 직사광선을 맞고…… 뭐 그런
느낌으로 뭔가 쾌적해서…… 아! 나 이 느낌
알아! 이거 여행 둘째 날 기분이다—이런
식으로 흥이 올랐다.
서류를 제출해야 하는데 사무실은
점심시간이라 나도 혼자 점심을 먹었다.
기껏 대학로까지 가놓고 부끄럽게도 맛양값
대학로점에 갔다. 그렇지만 사실은 십 대

시절부터 대학로에는 별로 먹을 게 없다고
생각해온 바라서 진심으로 자책하고 있지는
않다. 맛양값 대학로점이 있는 건물……의
지하에는 2006년 기준 짜장면이 1,500원
탕수육이 3,000원, 뭐 이런 말도 안 되는,
소꿉놀이 같은 가격표를 단 이상하고
널찍한 중국집이 있었다. 그 가게는 계단이
참 가팔랐지, 생각하면서 2층으로 올라가
비빔냉면과 순살 스테이크 세트를 선불
6,000원 내고 먹었다.

— 넷플릭스 오리지널 〈언브레이커블 키미
슈미트〉 시즌3를 공개된 당일(5/19) 다 봤다.
1년 넘게 안 하고 있던 〈포켓 플레인즈〉
게임을 다시 시작했고 아이작 〈슈퍼미트보이〉
챌린지에 도전 중이고 어제는 한 5개월
만에 닌텐도 3DS를 켜봤다. 또 그제는
갑자기 블루종 치에미의 '산주고쿠'를 다시
보고 싶다는 강한 충동에 사로잡혀 블루종
치에미 with B, 임펄스, 도쿄03 등 일본

개그팀들의 레퍼토리들을 한 일곱 시간 정도
쉬지 않고 봤다.
그런 것들로 시간을 보내면서 나 되게
부지런하구나 하는 착각을 하고 있다.

소문 속의 나는 산 나보다 활력이 있어서 지금도 나보다 반보쯤 앞서 걷고 있다

2017년 6월 9일

스타벅스 서머2(6/8~) 프로모션이 시작되었다. 프로모션 개시 일자에 오픈 근무를 한 것은 처음이었다. 리셀러 러시와 출근 러시가 지나간 뒤에 새로 온 점장이 "여러분도 사고 싶은 게 있으면 지금 사요"라고 해서 이것저것 집어 포스에 가져갔다. 임직원 할인률 15%를 적용하고도 7만 원이 넘는 돈이 나왔다.

프로모션 신규 출시 음료 등을 공부하는 동안에 눈여겨봤던 상품들이 대략 4~5종이었고 거의 전부 샀더니 그렇게 됐다.

퇴근 직전 정산 때문에 백룸 데스크에 앉아 있다가 문득 고객의 소리 게시판을 봤는데 내 얘기가 있었다. 칭찬이었다. 거의 한 달 전에 올라온 글이었다. 명찰 이름이 S로 시작하고('Shirley'가 한국 사람에게 친숙한 이름은 아니지……) 흰 옷을 입은 안경 쓴 여자분이 화요일 아침 너무나 친절하게 대해줘서 종일 기분이 좋았다는 글이었다. 여러 가지 생각이 들었지만 시간이 없어서 퇴근길에야 온전히 그 주제에 골몰할 수 있었는데

— 스스로 느끼기에 접객 태도가 거의 비굴하게 느껴질 정도로 친절하고 강박적으로 웃는 얼굴을 하고 있어서(어쩐지 '서비스업을 하는 나'라는 인격을 새로 만들어내고 출근과 동시에 그걸 연기하기 시작한 것 같다고 느낀다 — 거의 정확한 기분일 것이다) 보는 사람이 불편하지 않을까 하는 생각도 들었는데, 그렇구나, 좋게 봐주는 분들도 있구나
— 그러니까 보람차고…… 내가 항상 (힘들게) 웃고 있다는 사실을 누가 알고 있다는 사실이

감동스럽네

— 반면에 본사에서 달아준 답변에 따르면 "해당 파트너를 칭찬 파트너로 등록하고 매장에도 고객 의견을 전달"한다는데 한 달 가까이 지난 지금도 들은 바 없어서 어리둥절하기도 했고

— 좀 더 일찍 이 글을 봤다면 퇴사 결정이 조금 더 늦춰졌을지도 모르겠네

대략 이런 생각들이 들었다.

낮잠을 자고 일어났다. 전날 잠을 많이 못 자서 몸과 마음 모두 우중충했다(그런 중에 위에서 언급한 칭찬 글을 보았고 마음이나마 조금 밝아졌던 것이다). 흰 빨래를 돌린 채로 스르륵 잠이 들었다. 잠자는 자세가 나빴는지 깨어날 무렵에는 어깨와 목과 뒷골이 심하게 아팠다. 근무 중에도 내내 장이 꼬이는 느낌이 들었는데 설마, 라고 생각하며 화장실에 갔더니 모처럼 입은 흰 모달 소재 팬티에 선혈이 낭자했다. 근래 생리할 때마다 피가 많이는 나지 않고 색도 탁해서 그런 걸 무척 오랜만에 본 터라 순간 욕보다

감탄이 먼저 나왔다.

지난 휴무일, 그러니까…… 월요일에 산부인과에 갔을 때도 생리 중이었다. 그때의 출혈이 위에서 말한 것과 같았다. 탁한 피 아주 약간이 아주아주 천천히 흘러나오는…… 그러나 그대로 두면 어쨌든 가랑이에 고여서 아, 나 피 흘리고 있구나, 라는 것을 수 시간 뒤에야 깨닫게 하는…… 그런 채로 의사를 만났더니, (내 기억으로는) 일단 정상 주기로 돌아올 수 있도록 지금의 생리는 멈추게 하는 약을 주겠다고, 생리가 멈추고부터 나흘 뒤 다시 와달라고 했던 것 같은데

또한 의사는 자궁 초음파 사진을 보여주며 자궁내막이 아주 두꺼워져 있다고 했다(이 말에 나는 '그렇겠지, 자궁내막에서 탈락한 게 없으니 생리 양이 그동안 그렇게 적었겠지'라고 생각했다). 다른 누군가의 자궁 사진을 보여주며(그것은 전혀 부끄러운 광경이 아니었는데도 순간 '그런 걸…… 봐도…… 되나?'라는 생각이 들었다) "원래" 자궁은 이렇게 층 구조가 보여야 하는데 당신의 자궁은 내막이 두터워 층이 보이지

않는다……라고 했다. 이 말로 의사가 전하고자 한 주된 메시지보다도, '보통'이나 '정상', '평범한' 등의 말을 쓰지 않았다는 사실에 더 깊은 인상을 받았다.

착잡한 심정으로 밥을 안치고 전날 얻어온 찜닭을 데웠다. 뒤풀이에서 싸 온 것이다. 뒤풀이에서 음식이 남을 때마다 왠지 거의 유일한 자취인인 나에게 돌아오는데 고맙기도 하고 멋쩍기도 하고 조금은(그럴 필요 없다는 것을 알면서도)—이랄지, 요즘은—이랄지 알 수 없는 자격지심 같은 것도 들기 시작했다. 어제는 나 말고도 자취인이 한 명 더 있고 남은 음식도 너무 많아서 몫을 나누어 가져왔는데 일전에 그런 대화가 있었다는 이야기를 들려줬다: 그 작가가 자취한다는 사실을 알던 다른 누군가가 술자리에서 남은 치킨을 싸 가라고 권했는데 무척 차갑게 "저 그렇게 없이 살지 않습니다"라고 하셨다고……. 그 이야기를 듣고는 나도 모르게 "멋있다!"고 감탄하고 말았다.

(덧붙여 "그런데 오늘은 순순히 남은 거 가져가신다 함은…… 지금은…… 없이…… 살고 계시다는……" 하고

조심스레 물으니 다 그렇죠 하는 류의 맥없는 대답을 하며 하하 웃었다.)

내 입에는 조금 달고 얕은맛이었기 때문에(짠맛과는 별개로……) 냄비에 덜어 고추를 썰어 넣고 다시 끓였다. 그거 말고도 냉장고에는 던킨 도너츠가 다섯 개, 스타벅스 초콜릿 스콘이 한 개, 뼈해장국 1인분이 더 들어 있음을 생각하며 언제 어떻게 다 먹나 부질없는 고민을 했다. 무리해서 다 먹으려다 또 위경련이라도 오면, 아니 고등학교 때는 숫제 생리 기간엔 아예 단식을 했는데, 왜냐면 위장이 너무 쉽게 꼬여서, 하는 생각을 했다.

냉장고에서 오래 묵힌 파김치를 꺼내서 찜닭과 함께 먹었다.

저녁에 대학 선배에게서 전화가 왔다. 근황과 〈디아블로3〉 이야기를 나눴고 결국 지금 〈디아블로3〉를 설치 중이다. 10월에 지구를 멸망시킬지도 모를 소행성이 온다는 뉴스를 줄곧 떠올리고 있다.

*

2017년 7월 24일

'이러한 사건과 경험이 있었고 그렇게 생각했다는 기억과 인상을 가지고 있다.'

거의 모든 일기가 이런 식으로 쓰인다는 사실을 새삼 깨닫고 있다. 몸 바깥에서 일어나는 일만큼 안에서 일어나는 의식의 변화도, 아니 어쩌면, 안의 것이 훨씬 더 중요하니 어쩔 수 없는 일이다.

Unsocialized party animal

2017년 8월 6일

한예창 연구비 정산 및 보조금 지급 간담회에 간 날 옆에 앉았던 동기 연구생 한 분에게서 이런저런 얘기를 들었다. 일단 들어가자마자 앗, 머리가 또 바뀌었다, 라는 말을 들었는데 대략 2주에서 한 달 주기로 뵙는 분인 걸 감안해서…… 이분이 마지막으로 본 머리는 아마 앞머리가 있는 분홍색 중단발이었겠구나 생각하고 그냥 하하 웃었다. 딱히 뭘 하진 않았고 그냥 염색이 빠져서 백금색처럼 되었을 따름이다.

자리에 앉았더니 음성을 낮춰 내 쪽으로 몸을 기울이며 저기, 옥인동에 갔었다면서요 하고 웃으셨다. 지난주 토요일 E씨의 파티 이야기였다. 그 자리에는 대략 열 명 정도가 초대되었는데 그중 한 명이 자기 동문이라고. 그분 인스타그램에서 "파안대소"하고 있는 서련 씨 사진을 보고 아니, 분명 내가 아는 사람인데, 그 사람이 맞나 하고 눈을 의심했다고. 그러고 보니 그 자리에서도 취하기 전까지는 별로 웃지 않아서 '아진'이라는 사람이 "아니는 원래 그렇게 웃음이 없어요? 너무 차갑다" 그런 말을 했다.

제가 잘…… 안 웃는 편이었나요? 하고 물으니 아니, 연구생 모임에서는 잘 웃지도 않고 말도 별로 안 하는데 거기선 너무 환하게 웃고 있어서 나 좀 섭섭했잖아—라는 대답이 돌아왔다. 기분이 묘했다.

그런데 거기는 어떻게 인연이 닿아서 간 거예요?

이 질문은 대답하기 복잡해서 잠시 망설였는데 질문하신 분이 이 주제에 흥미를 잃으신 듯 이내 말을 돌렸다(답변을 시도하지 않은 건 아니다. "E씨라고, 제가 아는 분이 이번에 잠시 귀국해서……" 그런데 이렇게 시작하고 보니 E씨를 어떻게 아는지, E씨는 또 누구와 교집합이 있는지도 설명해야 해서 얘기가 무척 길어질 것 같았다. 상대방이 금세 듣기를 포기한 이유도 바로 이거겠지).

아 맞다, 이 얘기 꼭 해줘야지 하고 있었는데,

혹시 장편 착수했어요?

그날 있잖아요, 권김현영 쌤 세미나 있던 날. 쌤이 자기소개 보고 왔는지, "여기 여성 노동자 얘기 쓰신다는 분 오셨냐"고 물어보셨어요. 그래서 못 왔다고 하니까 꼭 만나보고 싶었는데 아쉽게 됐다고 하셨어요(그랬군요…… 저는 아마 그때 막 인천에 도착했을 거예요. 저도 아쉬워요. 애초에 권김현영 선생님 세미나 제안한 게 전데 출석도 못하고……).

파티들을 회상하기에 적당한 때가 되었다 느낀다.

E씨의 파티를, 내가 한 일을 중심으로 기록하자면

E씨의 요청대로 등단작과 내 글 몇을 추려다가, 가지칠리튀김을 사서 여섯 시쯤 옥인동 한옥에

들어가서, 적당히 취한 다음 시 다섯 편을 낭독했고, 지금 하고 있는 사랑에 대해서 말했다. E씨와 나의 공통된 지인이기도 하고 내가 무척 오래 흠모해온 사람이기도 한 감나무 언니가, "나는 서련이 사랑 얘기 듣고 싶어, 다들 들으면 놀랄 거야"라고 자리를 깔아준 거였다. 아마 언니가 사람들에게 들려주고 싶었던 이야기는 구 룸메이트와의 일화였을 것이다. PD로미오와 NL줄리엣이었고……(이건 내 워딩이 아니고 솔직히 쪽팔린데 냉정히 생각해볼 때 원색적인 재미가 있는 카피…… 같아서 가끔 인용한다) 교내에서 키 차이가 제일 큰 CC였고…….

그…… 제가 그 사람하고는 헤어졌고요……라고 운을 떼니 다들 굉장히 놀란 듯했다. 그중에서도 감나무 언니가 가장 크게 놀란 것 같았다. 그 사람하고만 헤어진 게 아니라 지금 사귀는 사람하고도 헤어지고 있는 중 같고요…… 그랬다. 취했는지 그런 말이 술술 나왔다. 나는 관객이 아니었지만 아마 관객 중 하나가 될 수 있었다면 시즌제 드라마 앞부분을 하나도 보지 못한 채로 시즌3의 1화를 보기 시작한 기분이었을 것 같다.

서른 언저리의 여자 모임(그 자리는 '여자 모임'이 아니었지만)에서는 '순수한 사랑 이야기'를 할 수 있는 사람이 토크 에이스라는 말이 떠올랐고(미네 나유카 만화 〈아라사의 달콤한 일상〉 시리즈에 나오는 말이다) 그 말을 그 자리에서 하니 다들 그렇지, 확실히 그런 얘기가 드물어졌지, 하고 끄덕였다.

아진이라는 연극배우가 즉석에서 각자에게 별명을 하나씩 지어줬다. 나에게는 '달로'라는 이름이 어떠냐고 했지만 거절하고 '아니'라고 불러달라 했다. 원래 그렇게…… 웃음이 없어요? 하고 아진이 물어서 저 지금 이게 굉장히 박장대소하고 있는 겁니다…… 라고 웃음기 없는 얼굴로 대답하니 모두 웃었다. 지금 완전히 홍상수 영화 같아, 라고 누군가 보충해서 그럼 저 지금 클로즈업 됐을까요?(홍상수 영화에서 클로즈업 되는 인간은…… 쓰레기잖아요……)라고 되물었고 또 모두 웃었다.

자리가 파하기 전에 일어났고, 나오려 할 때 누군가 내 손을 붙잡고 언니 연락처를 E씨에게 물어봐도 좋겠냐고 해서(왜 직접 묻지 않으시고?)

그러라고 했는데 아직 연락이 안 왔다.

E씨의 파티인데 정작 E씨 이야기가 별로 없네. 건강해 보여서 좋았다. 이날 E씨의 별명은 드바였다. '아진'이 러시아어로 숫자 '1'이어서 '드바(2)'가 필요했기 때문이다.

일명 햄파티 날은 무척 더웠다. 햄파티 며칠 전에 산언니가 넌지시 뭘 사 오겠냐고 물었는데 이때 가지칠리튀김을 사야겠다는 아이디어가 떠올랐고, 그 예행 연습으로 E씨의 파티에도 같은 것을 사 갔던 것이다. 결과가 대호평이라 내가 깜빡한 것이 있는데 가지칠리튀김을 들고 지하철을 타면 무척 자극적인 냄새가 나서 눈총 받기 딱 좋다는 점……. 혜언니네 집 근처 편의점에서 콜라와 아이스크림을 사서 양손에 뜨거운 것과 차가운 것을 나눠 쥐고 집 앞에서 담배를 한 대 피우고 들어갔다. 이날 카스타네르 에스파드류…… 그러니까 유럽 짚신을 처음 개시해서 걷기가 조금 고되었고, 흰 멜빵바지를 입었는데 하복부에 불길한 기운이 돌아서 하하 지금 생리 터지면 존나 웃기겠지 하고 생각했는데 집 안에 들어가서 확인해보니 과연 생리가 시작된 거였다.

언니들은 이미 두 시간 전에 모여 있었고 가지칠리튀김을 상에 더한 것이 2.5차 정도 된다고 했다. 산언니가 폴앤폴리나에서 사 온 빵과 치즈에 혜언니가 주문한 햄을 얹어서 스모크 오렌지 플라워 플레이버 허니를 조금 찍어 먹었다. 불고기도 먹을래? 서련아, 이것도 먹어봐. 이건 이거랑 같이 먹으면 진짜 맛있어. 언니들은 앞다투어 그런 말들을 하고선 한바탕 웃었다. 우리 완전 이모들 같잖아. 서련이 입에 맛있는 거 못 넣어줘서 안달인 사람들. 나는 그게 좋았다. 가지칠리튀김도 맛있다고 언니들이 추어주었다. 사랑과 문학과 음악 이야기를 했다. 믿기 어렵게도 진짜 그랬다. 조금 뒤에 혜언니의 룸메이트인 솔언니가 왔다. 역시 사랑과 문학과 음악 이야기를 했다. 질리지도 않고 그랬다.

이날을 '햄복절'이라고 부르기로 했다.

지난번에 산언니가 들려준 드라마틱한 사랑 이야기(실화)의 주된 배경은 상하이 국제공항이었다. 새로운 이야기를 듣는 동안에 계속 푸둥공항을 생각했다.

솔언니의 새로운 앨범 커버에 대해서도 이야기했다. 언니는 사랑을 연상시키는…… 그러니까, 보기만 해도 아, 이건 사랑이구나 하는 생각이 드는 동작이 반영된 이미지를 원한다고 했다. 여러 아이디어가 나왔고 나도 한마디 보탰다. 그러니까 저는…… 얼른 만나고 싶어서 자전거를 타고 엄청 빨리 달려간 다음에, 돌아가는 길에는 같이 천천히 걷는 거요.

집에는 택시를 타고 돌아왔다.

그저께는 H의 급호출로 백경대처럼 모여 보드게임을 했다. 우선 모여서 저녁을 먹기로 했는데 조금 일찍 외출해서 롤링다이스에 가 게임을 몇 개 더 샀다. 갈 때마다 아는 사람이 있을까 유리문 안쪽을 한번 살피게 된다. 붐비는 편이었는데 다행히 아는 사람은 없었다.

〈카르카손〉과 〈렉시오〉를 열한 시까지 하고 집으로 장소를 옮겨 〈렉시오〉와 〈평온한 한 해〉를 했다.

치킨을 먹으면서 매운 것을 못 먹는 사람이 매운

것을 얼마나 못 먹는지에 대한 이야기를 나눴다.

〈평온한 한 해〉의 플레이 로그를 남겨두고 싶은데 한번 하고 나면 진이 빠져서 엄두가 나지 않는다. 그래서 한 분이 다음부터는 녹음을 해야겠다고 하셨는데 글쎄, 두세 시간짜리 녹취록을 누가 풀 것이며…… 그런 수고를 감수할 가치가 있는지도 잘 모르겠다.

아침에 역으로 가는 사람들, 큰길을 찾는 사람들을 각각 배웅하려 했는데 다들 한사코 사양해서 집 앞에서 쭈굴거리다가 들어왔다. ㅈ씨가 언니, 지금 눈이 없어졌어요, 라고 해서 아…… 눈은 어제부터 없었어요……라고 대답했다.

한 분이 돌아가기 직전 법구경을 주셨다. 생일 선물이라고 했다. 전날 오전 내가 법구경을 갖고 싶다고 한 걸 기억해주신 거다(내가 갖고 싶다고 했던 법구경은 사실 〈친절한 금자씨〉에 나오는 사제 총기의 도면이었지만……). 그 사람은 그걸 사려고 강남 교보에 다녀왔다고 했다. '그런 수고를 감수할 가치……'를 생각하지 않을 수 없었다.

사랑만이 살길이다 2.0

2017년 8월 8일

전화가 오는 꿈을 꿨다. 대화를 시작하는 꿈도 꿨다. 서로 다른 꿈이다. 실제로 전화를 받기도 했다. 동생에게서 온 전화였고 거의…… 네 달 만인가? 뭘 하길래 목소리가 그러냐고 해서 자다가 받았다고 했다. 이 시간에 자다니 이제 일은 안 하는 거냐고 해서 그러게. 그러게. 그러게 그러게 했다. 축하한다는 말을 듣고 끊었다. 아직도 거의 일곱 시간이나 남았네. 갑자기 울어서 이상한 사람이라고 생각하면 어쩌지. 케이크를 사고 싶은데 딱히 먹고 싶은 맛도 없고 어디서 살까도 떠오르지 않는다. 시를 쓰는 친구에게서 너한테는 사랑이 엄청 중요한가 봐, 나는 시보다 중요한 게 이때껏 없었는데, 라는 말을 듣고 응! 티 많이 나? 나한텐 사랑이 일등이야, 라고 했는데 그렇게 말한 걔한테는 애인이 있고 나한테는 없는 점이 이제 와서 빡친다. 관능에 대해서도 생각한 지 오래되었다. 관능은 낭만적 사랑의 발명 이전부터 존재했던 것으로 보인다. 바이오틱하게 말하자면 좀 더 본능에 가까운 쪽이 먼저 발생한 거겠고 메카닉하게 보면 낭만적 사랑이 관능 2.0인 거겠지. 뉴제너레이션 아이패드 같은 거겠지. 최신형 아이패드 갖고 싶지 않은 사람도 있을까. 평소엔 갖고 싶지 않았다고 해도 공짜로 준다고 하면 마다하지 않겠지. 나는! 씨발! 잡스가 존나 싫어!라고 하면서 받은 아이패드를 와장창 해버리는 사람도 없지는 않을 것이다. 그다지 만나고 싶지는 않다. 그러고 보면 관능이라는 것. 눈을 맞추다가 앗, 하는 사이 이러쿵저러쿵해 가지고 정신을 차리고 보니 어느새 허겁지겁 입을 맞추고 있는 그런 거, 아니 그렇게까지 드라마틱하게 갈 필요도 없고, 손을 슬쩍 감쌌더니 손가락을 감아오는 응수 같은 거, 그런 거…… 어떻게 하는 거지?(또는 어떻게 하는 거더라?) 〈언브레이커블 키미슈미트〉 시즌3의 한 장면이 생각난다. 자꾸자꾸 눈이 마주쳤던 남자애, 파티에 같이 가지 않겠냐고 초청한 남자애. 걔가 성급하게 내민 컨트랙트. "성관계 협의 계약서? (…) 엄지손가락으로 뭘 하겠다고? 하여간 요즘 애들은. 꺼져, 이 변태야!" 정말 엄지손가락으로 뭘 하겠다는 거였을까? 호기심 천국이다. 계약서 따윌 내밀지 않았더라면 키스 정도는 자연스럽게 할 수도 있을 분위기였는데. 나를 포함한 모두가 정치적 올바름을 의식한 나머지 매우 기이한 미래를 상상하고 있는 게 아닐까 하는 생각이 때로 든다. 뉴밀레니엄 시대에 2015년 즈음을 상상하면서 그렸던 잘못된 사이버틱의 예 같은 느낌으로. 기본적으로 이건 낭만적 사랑이라는 유물에 오염된 사람이나 할 법한 생각이니 무시해도 될 것이다. 어제는 모친과도 통화를 했다. 어떻게 하려고 그래, 라고 해서 몰라. 모르겠어. 모른다니까. 모른다구. 하고 (놀랍게도 신경질 따위는 부리지 않으며) 대답했는데 모친이 중간에 끊었다. 미안한 마음이 들었지만 전화를 다시 걸지는 않았다. 밤에는 친구와 영화를 봤다. 이 일기를 쓰기 시작할 즈음 타투이스트와 채팅을 시작했는데 방금 끝났다. 생각보다 집이 가까워서 좀 더 노닥거리다 나가도 좋겠다. 케이크는 산다 한들 먹지 않을 것 같은데 '날 위해' '예쁜' '케이크'를 사는 기분 자체를 갖고 싶어서 자꾸 생각난다. 초등학교 2학년쯤에 추석에 받은 용돈을 가지고 유리반지 두어 개를 샀다. 부친이 그걸 손수 깨뜨리고 벽에다 빨간 동그라미를 그리게 한 다음 양팔을 높이 든 채로 그것을 바라보며 "이것은 나의 사치다"라고 백 번 외치게 했다. 그런 일을 잊기는 아무래도 힘들다. 슬슬 나갈 채비를 하지 않으면. 현금이 필요하니 은행에 들러야 한다. 오늘은 내 생일이다. 이 문장을 최대한 담백하게 쓰고 싶어서 하지 않아도 될 말을 길게 늘어놓았다.

클리셰

2017년 9월 14일

합평회에 나의 지인 한 명이 합류했고, 2주 전부터 오기로 약속했던 새 멤버가 와서 조모상을 당한 사람 말고도 총 네 명이 모였다(갑자기 아는 사람이 늘어날 때마다 일기에 어떤 별명으로 써야 할까 고민이 된다). 좋은 이야기를 많이 들었는데 마지막에 내 시 합평할 때 들었던 칭찬이 기억에 남아 몇 군데에 자랑하고 다녔다. 시는 투고해본 적이 없다고 했더니(물어봐서 대답한 것) "이거 어디에 낼 건지 꼭 말해주세요. 형(이 합평회를 만든 사람)한테는 거기 내지 말라고 하게"라는 대답이 돌아왔다. 합평 때마다 그다지 나쁜 말을 들은 기억이 없지만 이런 찬사는 처음이네, 싶어서 이 말을 '잃'어버릴까 꼭 쥐고 돌아왔다, 집에.

어떤 기분이었냐면 길에서 반짝거리는 물건을 주운 것 같은 기분, 한국에서는 쓸 일도 없고 어느 정도의 가치를 갖고 있는지도 모를 외국 동전, 볼드하고 반짝거리는 귀걸이 딱 한 짝, 어린애들 장난감에서 떨어진 모조 보석, 뭐 그런, 사실상 쓸모는 없지만 마음에 들어서 손에 꼭 쥐고 돌아다녀(왜 꼭 쥐고 다녀야 했냐면 마치 그걸 주운 게, 주워서 계속 숨기고 다니는 게 엄청 큰 비행처럼 여겨져서) 더운 김이 날 지경이 된, 땀에 젖은,

뭘 하다 늦게 잤더라? 부친 꿈을 꿨다. 사촌도 나왔다. 동갑내기이며 생일도 같고 중고등학교를 같이 다닌 사촌. 부친 앞에서 담배를 피우는 꿈을 꿨다. 모친은 내가 흡연자인 걸 알지만 부친은 모른다. 앞으로도 알지 못할 것이다. 절연당하기 전까지는 부친에게 담배를 들킬까 늘 전전긍긍이었다. 면허를 따기 전에는 운전하는 꿈을 제법 자주 꿨다. 그러니까 꿈의 주된 패턴이…… 저질러서는/들켜서는 안 되는

일을 하다가 호된 꼴을 당하고, 깨어난 다음 안도하는 것이었던 셈인데, 해서는 안 되는 일 하나가 줄어서 악몽의 가짓수가 하나 줄었다……고 할 수 있겠네.

그런데 왜 부친 꿈을 꿨는지는 모르겠다, 어차피 부친 앞에서 담배를 피울 일은 없을 텐데, 부친과는 만나지 않을 테니까.

한편 부친은 나쁜 꿈을 꿀 때마다 모친에게 전화를 걸어 서련이 잘 있느냐고 묻는다고 한다. 절연 전에는 내가 직접 그런 전화를 받기도 했다: 아빠가 어제 아랫니 빠지는 꿈을 꿔서 잘 있나 싶어 전화해봤어, 뭐 이런.

꿈에서 부친은 재떨이가 가득 차도록 재를 터는 나를 찌푸린 얼굴로 보고 있었다.

그런 꿈을 꾸고 일어난 오후에 문득, 눈을 뜨자마자, 오늘은 여행을 가고 싶다는 생각을 했던 거다. 거창한 건 아니고(가방이 무거워지는 건 아무래도 싫으니까) 전에 H가 기차역에 가서 아무 곳으로나 가는 기차표를 끊어야겠다고 했던가, 뭐 그런 비슷한 트윗을 올린 게 갑자기 생각이 났다. 나야말로 그렇게

할까. 뭐 그런 생각을 하면서 트위터를 켰는데 대학교
방학 기간 동안 했던 수요 합평회의 한 사람이
자기 동아리 얘기를 리트윗한 것부터 보였다. 전날
합평회에서 칭찬받은 기억도 있고 해서 뭐랄까
'문학뽕'이 가득 차 있는 상태로…… 거기 가겠다고
선언해버렸다(월요일에 정기 모임이라고 해서 당연히
합평회를 할 줄 알았다). 당장이라도 출발할 것처럼
굴었지만 사실은 빨래를 막 돌린 참이라서 바로
나갈 수는 없었다. 집안일을 조금 하다가 토요일에
보드게임 페스타에서 산 조그만 보드게임을 몇
개 챙겼다. 염치가 좀 훼손되는 기분이긴 했지만
어쨌든 그곳 사람들이 잘 곳을 내준다고 해서 양말과
속옷과 칫솔도 가방에 넣었다. 주기가 임박했다
느껴 생리대도 챙겼지만 결론부터 말하면 생리는
집에 무사히 돌아온 지금까지도 시작을 안 했다.
고속버스터미널 경부선 방면 매표소에서 안성중대행
표를 샀다. 그렇게 많이 잔 것은 아니라서 에너지
드링크를 도핑해야겠다는 생각이 들어 오로나민C도
한 병 샀는데, 손이 복잡해서 한번 떨어뜨렸다가
땄더니 샴페인처럼 펑 터져서 옆에 있던 사람들이 한

발짝씩 피했다. 화장실에 가서 손을 씻고 돌아왔는데 조금 전에 나를 피했던 사람들 중 하나가 물티슈 쓰시겠어요? 해서 아, 저 물티슈 있어요 했다.

목적지에 가까워질수록 기시감이 들었다. 경기도는 왜 이렇게 다 비슷비슷하게 생긴 거야? 뭐랄까, 반가움 섞인 짜증 같은 게 치밀어 사지가 간질거렸다. 알 수 없는 오기가 생겨 정문에서 806동까지 걸어서 갔다. 안 봐도 언덕길일 걸 알고 가진 것 중 가장 편한 신발을 신고 간 참이었다. 내가 이런 생각을 하게 될 줄은 몰랐는데…… 공기가 좋네……, 라는 생각을 하면서 걸었다(고향—DMZ 바로 옆동네—만큼 공기 질이 좋은 곳을 아직 본 적이 없어서 공기라는 것에 대한 기준이 상당히 높은 편인데도).

가능하면 누구에게도 묻지 않고 바로 동아리방을 찾아가서 요령 좋은 사람인 척 우쭐거리고 싶었는데 사실은 요령이 그렇게 좋은 편이 못 되어서 건물 안에서 10분가량 서성거렸다. 누가 봐도 수상하겠다 싶은 생각이 들었지만 별수 없었다.

동아리방 이사 중이었다고 해서 이삿짐 옮기는 걸 도왔다. 손님이니 거들 필요 없다는 말에 왠지 또 이상한 오기가 솟아서 남은 짐은 내가 다 옮기겠다는 각오로 책을 쌓아 들었다. 거의 내 앉은키만큼 쌓은 책을 들고 계단을 오르다가, 계단 내려오던 Y가 반 달라고 해서 턱을 들었다가…… 정말 절반을 가져가려면 가슴에 손을 대지 않으면 안 된다는 사실을 깨닫고(Y가 이 사실을 눈치챘는지는 모르겠다) 그냥 제가 들고 갈게요 하고, 다시 턱으로 책을 누르고, 후다닥 계단을 올랐다. 그런 식으로 서너 번 계단을 타고 담배를 피웠다.

이십 대 초반에 거의 완전한 평지에 있는 학교에 다녔기 때문에 그런, 1층에도 옥외로 이어지는 출구가 있고 진짜 출구는 2층에 있는 구조는 아무래도 신기하다는 생각이 들었다. 세 사람은 이삿짐 가운데 문집 몇 권을 골라 내밀었다. 정말 가져도 되나요? 네, 굴러다녀요, 이것들은. 이런 거 받으려고 온 게 아닌데 참, 하면서도 가방에 다 넣었고 덕분에 이틀간 가방이 무거워 제법 고생했다.

한 사람은 아직 식전이라고 PC방에 가서 저녁을 먹겠다고 했고(식전인 것은 나도 마찬가지였지만 잠자코 있었다) 나머지 두 사람과 코인 노래방에 가서 노래를 세 곡씩 불렀다. Y가 첫 곡을 불렀는데 생전 들어본 적 없는 비와이 노래였다. 중간에 내가 컨츄리꼬꼬 노래를 불렀는데 90년대 중반생인 두 사람이 이 노래를 전혀 들어본 적 없다고 해서 큰 충격을 받았다(“신정환…… 이 있던 그룹 맞죠?”).

동아리방으로 돌아가서는 치킨을 시키고 〈카탄〉을 했다. Y가 “일단 〈카탄〉으로 의를 좀 상한 다음에……”라고 해서 “우리가 친한가요?”라고 말하고 좀 후회했는데(아, 친하지도 않은데 여기까지 왔단 말이야?) Y가 눈을 빛내면서 “게임할 땐 별로 안 친하죠?”라고 받아서 조금 안심했다(내가 생각하는 것처럼 심술궂은 대답을 순발력 있게 내놓는 사람은 좀체 없는 게 당연하지 않을까). 초반에는 승산이 조금 있어 보였는데 모든 것을 빼앗기고 초라해진 채로 끝장났다. 일본 속담이었나…… 손도 발도 못 내민다는 말이 있었지…….

다음은 〈평온한 한 해〉였다. 서리몰이꾼의 악명을 익히 들어온 탓인지 다들 대응에 총력을 기울여서 서리몰이꾼의 등장이 전혀 무서운 일이 아니게 되었다. 그런 식으로 한 판 하고 나면 〈평온한 한 해〉 같은 게임은 다시는 쳐다보기도 싫을까 봐 좀 미안했는데 익숙해질 때까지 두세 판 정도 더 해보고 싶다고 해서 도리어 놀랐다. 이면지로 만든 지도를 동아리방에 두고 왔는데 아무도 뒷면 내용을 보지 못하게 하겠다는 약속을 받아뒀지만 그야 두고 볼 일이고, 사실은 그렇게 걱정되지도 않는다.

새벽 네 시쯤에야 캠퍼스를 빠져나왔다. 셋 중 둘이 같은 오피스텔에서 사는데 그중 한 사람이 방을 비워주겠다고 했다. 편의점에 들러 담배를 샀고 맥주 마시겠냐고 해서 하얼빈 맥주를 한 캔 집었다. 방 주인이 괜찮다고 할 때까지 바깥에서 기다리다가 올라갔다. 방 주인이 애인의 집으로 가는 뒷모습을 보다가 4층으로 올라갔다. Y와 마주앉아서 맥주를 깠다. Y의 코젤 맥주는 열리자마자 거품을 부글부글 뿜어서 Y가 어어, 이 친구가 왜, 하며 상을 닦았다. 방이 엄청 크고 좋네요, 하고 진심으로 말했다. 자기도 지난 학기엔 여기에 살았다고 Y가 말했다. 내 방에 또 놀러오고 싶다고 해서 점수를 매긴다면 몇 점이냐고 물었더니 97점이라고 했다. 3점은 어디서 감점된 거죠? 상이 작아서요. 과연 그 방에 놓인 상은

우리 집에 있는 가장 큰 상의 1.5배쯤 되어 보여서 좀
부러웠다.

네 시간쯤 잔 것 같다. 자는 자세가 나빴는지
오른쪽 어깨가 아팠다. 20분쯤 뒤에 Y에게서
전화가 왔다. '조금' 씻고 데리러 오겠다고 해서 많이
씻으셔도 되는데요……라고 했는데 과연 조금 후에
문이 열렸다. 베란다로 가길래 뭐 하세요, 하니까
모자를 찾는다고 했다. 못 찾았는지 그냥 나오면서
머리 좀 안 감는다고 죽진 않죠, 이러길래 으 머리
안 감으셨어요? 하고 놀렸는데 전혀 놀림으로
받아들이지 않는 것 같아 좀 민망했다.

그대로 나가서 버스 정류장에 갔다. 전날부터
우정집에 가자고 하던 참이었다. 아무도 못 일어나서
오늘은 저하고만 다니셔야 할 것 같아요, 라고, Y는
그다지 미안하거나 어려워하는 기색 없이 말했다(Y
말고는 일행이 없다는 점을 별로 책망하고 싶은 생각은
없었고, 오히려 바쁜 학생들을 한량인 내가 귀찮게 굴고 있는
게 아닐까 하는 생각이 들어 내가 미안한 부분이었으며……
그런데 미안하지 않다면 그런 말을 왜 하는 거지?라는 생각이

들었지만 이 역시 딱히 책망은 아닌).

사실은 애초에 자고 일어나면 바로 귀경할 생각이었는데…… 내일 오후엔 뭐 하세요, 라고 물은 건 Y였다. 급한 일 없으시면 더 놀다 가시라고 했다고, 내가 아니라 그쪽이(이 일의 책임 소재는 분명히 하고 싶다).

시내로 나가는 버스를 탔다. 우정집이라는 곳에 가서 냉면을 먹었다. 보통은 조금 부족하고 곱빼기는 너무 많다고 해서 그렇다면. 곱빼기죠. 라고 호기롭게 도전했다. 보통 비빔냉면도 파는 곳에 가면 비빔을 주문하고 일행의 물냉면을 조금 얻어먹는 편인데, Y가 여기서 비빔냉면을 먹는 것은 분명한 손해라고 딱 잘라 말해서 하는 수 없이 물냉면을 시켰는데 지금까지 먹어본 냉면 중에 최고였다. 진짜…… 최고였다. 이 얘기를 트위터에 올렸더니 다른 친구가 안성투어 제대로 하신다고 해서 웃었다. 자기 몫을 계산하려는 Y의 손을 걷어 올리면서 내가 냉면값을 결제했다.

배부르다는 말을 각자 오백 번쯤 하면서 나와서 담배를 피우고 배스킨라빈스에 갔다. 트위터에서 허OOO트O이라는 이름 퀴즈 이벤트를 했던 그 아이스크림을 먹어보고 싶었다. 아이스크림은 자기가 사겠다고 Y가 고집을 피워서 그러라고 했다. 싱글콘을 먹고 싶었는데 파인트면 되겠죠, 라고 해서 아니 저는…… 싱글이면 되는데……라고 했는데 굳이 파인트를 사길래 포장해 갈 셈인가? 했는데 그것도 아니었다. 파인트에 허니치즈트랩만 가득 담아서 계산해 가지고 오는 Y를 보면서, 뭐지 그렇게 먹고 싶으면 이거 다 먹고 뒤지라는 건가, 라는 생각을 속으로 한 다음에, 와 나 진짜 인간 꽈배기구나 하는 생각을 또 했다.

Y는 한 시 반에 수업이 있다고 했는데 아이스크림을 다 먹을 즈음에는 벌써 한 시 십 분경이어서 후다닥 먹고 나가 버스를 탔다. 내리에 도착할 무렵에는 이미 삼십 분이 다 되어 있었는데 사십 분까지만 가면 된다고 해서 그러려니 했다. 출튀(전날 이 말을 처음 듣고 네? 그게 뭐예요?라고 했는데 몹시 못 배운 늙은이 취급을 받았다)를 하겠다고 해서 코인

노래방에서 혼자 노래를 부르고 있었는데 과연 오십 분쯤 Y가 나타났다.

동아리방으로 돌아가서 (내가 모르는) Y의 친구를 기다렸다가 3인 〈아컴호러〉를 했다. 고대 존재를 내가 뽑았고…… 크툴루가 나왔다. 차례를 정할 때 Y의 친구는 굉장히 아무렇지도 않게 Y에게 너 몇 월생이지?라고 했는데 아무래도 내가 자기보다 어릴 거라고 생각한 것 같아서 속으로 좀 웃었다(조금 후에 내가 무슨 말인가 했는데—무슨 말이었는지는 생각나지 않는데 그냥 엄청…… 아무 말도 아니었다. 너무 아무 말 아니어서 생각이 안 날 정도로 아무 말도 아닌 말—그가 "저는 그런 젊은이 말은 모르구요~"라고 해서 이 핏덩어리가 뭐라는 거야 지금……? 하는 생각이 들었다). 이때 Y의 눈치를 봤는데 Y가 재빠르게 또, 나 80,000살이니까 내가 먼저 한다, 라고 해서 이번에는, 소리 내서 웃지 않을 수 없었다.

조금만 하면 승리할 수 있을 것 같은데 왠지 승부가 안 난다…… 싶은 상태까지 가서, 두 턴쯤 더 플레이하다가, 게임을 접었다. 적게 자고 왠지 조금씩 구박받으면서 게임을 하니까 집중도 안 되고 자꾸 졸고 해서 여기까지 합시다! 하고 접은 거였다. 집중 못해서 죄송하다고 했는데 뭐 〈아컴호러〉는 모두의 승리 아니면 모두의 패배니까요, 누구의 탓도 아닙니다, 했는데 역시 내 탓인 것 같다는 생각은 떨치기 어려웠다.

Y는 계속 이어서 〈평온한 한 해〉를 하자고 했지만 친구가 번번이 거절해서 성사되지 않았다(나로서도 〈아컴호러〉 접고 바로 〈평온한 한 해〉를 하는 건 무리라는 생각이 들었지만 굳이 이 생각을 입 밖에 내지는 않았다. 왜냐면…… 약해 보일까 봐……). 제가 이런 것을 가져왔어요…… 하고 주섬주섬 꺼내놓았던 간단한 카드게임들을 하나씩 해봤다. 〈베니스 커넥션〉과 〈러브레터〉였는데 〈베니스 커넥션〉은 굉장히 간단한 것 같으면서도 간단한 만큼 룰을 오독할 여지도 좀 많은 듯해서 어째 게임이 잘 되지 않았으나(주로 내 탓이었다) 막판에 〈러브레터〉가 너무 재밌어서 거의 모든 것이 만회되었다(적어도 나는 그런 기분이 들었다). Y는 열 판 중 일곱 판쯤 나를 가리키며 공주, 라고 했고, 내리 세 판을 그러고 져서 일부러 저러나 하는 생각이 들었다. 중간 한 판은 정말로 내가 공주 카드를

쥔 채로 멋지게 이겨서 손이 다 떨렸다. 그렇지만 사실 공주 카드를 제일 많이 뽑은 사람은 Y의 친구였다.

일곱 시가 되어서 친구는 아르바이트를 하러 갔고 나도 짐을 챙겼다. 가시게요? 해서 네, 뭐 음, 밥이라도 먹고 갈까 하고 웅얼거렸더니 Y가 자긴 별로 밥 생각이 없다고 하더니 '제육식당'이란 곳에 가자고 했다. 제육 좋아하냐고 해서 대학 시절 배달로 자주 먹던 순두부찌개 제육백반 뭐 이런 걸 생각하면서 네, 좋습니다 했다. 가다가 YOLO(후문에 이런 이름의 술집이 있는 것을 그쪽 사람들은 무척 부끄러워하면서도 인사이드 조크 소재로 오지게 써먹었다) 앞에서 담배를 피우면서 그냥 여기 들어갈까요? 하길래 진심인가요 하고 웃어넘겼다. 아, 영업 준비 중인가 보네요. 이 말을 들으니 역시 진심이었구나 하는 생각이 들어 조금 치를 떠는 시늉을 했다(그렇지만 나로서도 그 술집에 들어가는 일에 별 반감은 없었다, 그냥 놀림감으로 소비되니까 짐짓 싫은 척하는 거지…… 이상하고 촌스러운 이름의 술집이야 거기 말고도 얼마든지 있잖아). 밥 먹고 제 방 보여드릴게요. 예? 제 방 뭐 별거 없지만…… 가서 치카치카도 하시고……

밥 먹고 그냥 버스 타면 찝찝하잖아요. 네. 그렇죠. 와. 신난다. 뭐 이런 대화가 오갔다. 멀리서 온 손님이니까 방을 보여줘야겠다는 발상은 어느 나라 풍습에서 나온 것인가 하는 궁금증이 일었지만 거기서 제가 왜요? 하는 것도 좀 무례한 일이려니 하고 참았다.

제육식당은 표기상으로는 '第6식당'이었다. 구석구석 라탄 바구니가 배치되어 있었고 홀이 꽤 넓은 편인데 테이블을 다섯 개만 비치해두었고…… 들어가서 들은 음악 첫 곡이 다프트 펑크의 〈Something About Us〉였다. 생제육정식인가 하는 메뉴와 크림생맥주 하나씩을 주문하고 나는 반숙 계란을 추가했다. 여기 되게 힙하네요 하니까 Y가 이 동네치고 힙하죠 했다. 건너편에 있는 아저씨 냄새 나는 가게를 흉보길래 저렇게 세태를 따라가지 않는 점포가 오히려 힙 너머의 힙이라고 할 수 있다, 뭐 이런 궤변을 늘어놓았다. 이걸 모르시네, 어리다 어려. 하니까 Y가 약간 충격받은 듯이 어린가요? 어린가요. 하고 반복해서 말해서 어쩔 수 없는 나이주의자인 점이 좀 부끄럽게 느껴졌다. 간이 벽과 천장 사이에 제법 힙하다 할 만한 책들이 쌓여 있어서(『총, 균, 쇠』

같은)(나머지는 사실 기억이 나지 않는다. 창업 관련 책이 두어 권 있었던 것 말고는……) Y가 흉을 엄청 봤다. 이 가게의 책을 힙하게 재구성하자면 어떻게 하는 게 좋을까요, 묻길래 음…… 그래픽노블? 하니까 너무 힙하다고 해서 그럼 Y의 솔루션은? 하고 물으니 아무래도 책을 안 두는 게 최선이고 차선은 독립잡지. 이러길래 그게 훨씬 힙하잖아요 하고 막 웃었다.

과하다. 힙이 과하네요. 그렇게까지 안간힘 쓰면 안 돼.

음식은 아주 맛있다고 하긴 좀 어렵지만 썩 나쁘지도 않았다. 낮에 냉면 곱빼기를 먹은 여파도 있었고 그 가게가 밥을 조금 많이 주는 편이기도 해서 다 먹지 못했다. 맥주는 남김없이 마셨다. 계산하려는데 일행분이 이미 내셨어요, 하길래 Y를 흘겨봤다. 어떻게 학생한테 밥을 얻어먹게 할 수가 있어요. 이 빚은 잊지 않을 테니까. 라고 하니 Y가 저는 요리를 못하니까, 이거라도. 라고 했다.

집에 돌아와서 제일 먼저 한 일은 두고 갔던 핸드폰을 확인하는 일이었다. 귀경 버스 안에서 조모의 일을 생각했던 것이다. 고2 여름에 서울에서 노닥거리다가 조모상 소식을 들었다. 조모는 말년을 온전히 우리 집에서 보냈고 내 방에서 임종을 맞이했다. 욕을 바가지로 먹었지만 바깥에서 나를 향해오는 화살보다 자책이 훨씬 컸다. 남은 평생 동안에도 잊기 어려운 일이다. 하여 그런 식으로…… 내가 즐거운 시간을 보내고 있을 동안에, 한눈파는 사이에, 어딘가에서, 그러나 아주 모를 곳은 아닌, 나와 연결된 곳에서, 끔찍한, 나쁜, 상실이나 훼손이나 괴사 같은 것들이 일어나 사후적으로 나를 뒤흔들 것 같은 불안……을 늘 가지고 있다. 새 핸드폰의 번호는 아는 사람이 그다지 많지 않고 집에 두고 나갔던 핸드폰이 아직까지는 주된 연락책이라 뭔가 나쁜 소식이…… 여기에 와 있을지 모른다는 생각이 든 것이다. 이틀간 쓴 카드값 SMS 메시지가 대부분이었고 나머지는 카카오톡으로 발신된 광고였다. 그 틈에 반가운 소식이 하나 섞여 있었다. 전날 오후 일곱 시쯤 온 것이었는데 등단지에서 드디어 후속 청탁이…… 온 것이었다. 꼭 2년 만에.

아주 나쁜 일만 나를 기다리고 있는 건 아니구나

하는 안도와, 얼마나 더 나빠지려고 기쁜 일들이 일어나는 걸까 하는, 관성에 가까운 불안이 동시에 들었고, 정말 나도 참 나구나…… 하는 생각이 명판관이나 되는 것처럼, 마지막으로, 으스대며 찾아왔다.

그 생각을 하니까 안심이 되어서 잠이 잘 왔다.

조졌죠?

2017년 9월 15일

두 가지 대표 감정이 있다. '애정'이나 '곤혹'처럼 한 단어로 부를 수 있는 마음은 아니고…… '기억 감정'이라고 명명할 수 있을 것 같다. 따라서 이미 잘 알고 있는 감정들이며…… 요새는 이런 식으로 복수의 레이어들이 겹쳐 있는 걸 견디기 어려워졌다(그 전에도 거의 모든 순간의 감정들이 그랬지만—그러니까 별일도 아니지만—언젠가부터 이 레이어들 사이를 갑자기 의식하게 된 것이다, 그로부터 모든 것이 개같아졌다).

구 룸메이트가 불쌍하다는 생각을…… 하는 건

어제오늘 일이 아니고…… 사실은 오래됐다. 좋았던 때의 일들을 잊지 못하기 때문이다. 그 사람의 남은 평생이 어쩐지 내 책임으로 느껴지고(그렇지 않다는 걸 알고 있지만, 그와는 별개로) 비참한 심정을 내게 토로할 때마다 나야말로 미쳐버릴 것 같은 생각이 든다.

거의 동시에 내가 떠올리는 장면은 2년 전 겨울 철원의, 고등학교 졸업할 때까지 쓰던 침대, 그 위에 사지를 짐승처럼 세워 엎드린 채로 심호흡을 하며 울고 있는 나, 의 모습이다. 바로 지금 똑같이 울 수 있지만 그러지 않고 있다. 그럴 수 있고 아닐 수도 있다. 이상한 말인데 실로 그렇다.

놀다가 친구가 보내준 창작지원금 사업 안내 링크를 보고 급하게 집에 왔다. 마감이 열두 시인데 결격 사유는 없지만 준비할 서류가 많아서 어렵겠다는 생각을 했다. 집에 도착한 것은 열 시 삼십 분쯤이었는데, 습관대로 집에 두고 나갔던 핸드폰부터 확인해보니, 구 룸메이트의 긴 메시지가 와 있었던 것이다. 그런 얘기다. 너절한.

죽고 죽어 일백 번

2017년 10월 18일

그건 내 적성이 사랑이고 특기도 사랑이고 약점도 사랑이고 세계관도 사랑이라서 그래.

일단 이 코웃음이 날 만큼 후진 문장을 '특필'해두고,

애인이 생기면 노트북 사주고 수트 맞춰주고 머리 해주고 카메라 사주고 그러고 싶을 것 같아서(벌써 그래서) 걱정인데 그건 곧 애인이 생길 것 같아야 진짜 걱정이 될 문제 같아서 사실은 그냥

내가 그런 욕망을 가졌다는 사실을 잘 관찰해볼 뿐이다. 이상한 얘기죠? 애인 노트북 사줄 돈으로 내가 날 위해 할 수 있는 일을 생각해봤는데 별 생각이 나지 않았다.

평소엔 그렇게 갖고 싶은 게 많은데 그게 말이 돼? 기만적이잖아……

라고 생각해도 별수 없이 진짜로 아무 생각도 나지 않는다. 오, 좀 신기하다 싶을 정도.

일기감이라곤 컴퓨터 한 얘기밖에 없지만
일기를 쓰고 싶어졌기 때문에 억지로라도.

〈포탈〉 깨고 〈포탈2〉도 세 장까지 클리어했다(게임 시나리오 스포일러 주의). 지난주 초에 H가 단톡방에서 목요일에 뭐 하냐고 물어봤고, 몇 사람이 망원에서 만날까 술렁술렁하던 참에, Y가 엥 저 망원 가려고 했는데요, 라는 식으로 말했고…… 하는 수 없이 일깨워줘야 했다. 동아리에서 시인 초청 행사 한다면서요, 바로 지난 금요일에 님이 한 말이잖아요(물론 Y는 크게 당황했고 완전히 까먹고 있었다고 했다)(이 사람은 왜 매번 이런 식일까, 엊그제도 다다음 주 파티에서 만날 수 있냐고 물어보더라, 그 전날 이미 그렇다고 말했던 걸 완전히 잊고)(젊은 사람이 딱하게도……).

해서 목요일 오후에 느긋하게 일어나 외출 채비를 하고 막 나온 참에 Y에게서 전화가 걸려왔다. 예전 핸드폰으로였다. 누구세요? 물으니 누구게요 했다. 이거 제 옛날 번호인 거 아시죠…… 전에 말했던 것 같은데……. 엥 그런가(아…… 젊은 사람이 딱하게도……). 아무튼 오늘 오시나요? 네, 아무도 안 올 것 같아서 오셨으면 좋겠는데. 그렇군요…… 가는 길이에요…….

그러고 부지런히 갔는데 여섯 시 반 행사에 삼십 분이나 늦었다. 살그머니 뒷자리에 앉으려고 뒷문을 열었는데 제일 앞에 앉아 있던 Y가 날 발견하고는 자기 옆자리 의자를 빼서…… 기껏 뒷문으로 들어간 게 소용없는 일이 되었다. 동아리 외부인으로는 나 한 사람밖에 안 올 것 같다더니 스무 명 남짓 앉아 있어서 늦은 게 엄청나게 창피했다. 한 시간으로 예정되어 있던 강연이 40여 분만에 끝났다. 그러니까 내가 도착하고 10분 만에 끝난 것이다, 강연은. 여러모로

헛웃음이 났고, 짧은 쉬는 시간과 질문 시간까지 한
30분 더 지나고, 초청 시인분이 뒤풀이를 사양하셔서
강연 참관 인원이 거의 모두 뿔뿔이 흩어졌다. Y
친구들하고 술을 마시고 차를 마시고 노래방에 갔다.
새벽 두 시쯤에 Y와 Y의 룸메이트를 따라 Y의 방에
갔다.

서론이 길었다. 〈포탈〉을 플레이하게 된 경위는
대략 이렇다. 그러니까 나는, 서련 씨는, 마음 놓고
잘 수 있는 공간이 없다는 걸, 아무도 입 밖으로
소리 내 말하지 않았지만 모두가 알고 있었고, 내
생각도 그래서, 피곤해도 그냥 밤을 새는 게 좋겠다는
생각—이 들었는데, 아마도 그런 연고로, Y는 물었던
것 같다:

게임 하실래요?

뭘 하겠냐고는 딱히 묻지도 않고 〈포탈〉을
권했다. 그거 하죠 뭐. 쉽나요? 쉽다면 쉽고……
어렵다면 어렵고……. 스팀 계정 주인은 Y의
룸메이트였다. 둘이 번갈아가면서 보조 의자에
앉아(사이드킥 석이라는 느낌) 내가 게임하는 걸
지켜보고 있다가 어렵다고 우는소리를 내면 대신

조작해주고 그랬다. 보조 의자에서 내려가는 사람은 침대에 누워 잠깐씩 눈을 붙이고.

충격 완화 장치를 다리에 장착하고, 공간 경계를 무너뜨리는 도구인 포탈 건을 들고 애퍼처 사이언스 래버토리의 실험(총 19회차)에 참여하는 게 게임의 골자……라고 파악하고 있었는데, 지하 18층에 도달했을 즈음 Y가 깨어났고 거기서부터는 Y가 도와줬다. 그러니까 진짜 어려운 부분은 거의 Y가 다 대신해줘서 지금 다시 해보라면 절대로 못할 것 같은데…… 19층 막바지에서 Y가 마우스를 놓으면서 여기서부턴 직접 하셔야 해요. 꼭. 직접. 그렇게 단호하게 말했다.

게임은 FPS(1인칭 슈팅 게임)시점으로 진행되며 〈2001 스페이스 오디세이〉의 HAL9000을 패러디한 게 분명한 것으로 추정되는 '글라도스'라는 인공지능이 여성형 음성으로 튜토리얼 및 게임 안내 겸 진행 여타 어쩌구들을 도맡는다. 이 글라도스라는 캐릭터가 게임 내내 하는 말이 뭐냐면 이 실험이 끝나면 휴게실에 가서 케이크를 먹을 수 있으니 힘내라는 것이다. 처음에는 그까짓 사이버 케이크 뭐 어쩌라고? 느낌이지만 좀 진행되면 묘하게 피폐한 게임 내의 세계관에 조금씩 몰입되면서…… 얼른 이 비인간적인 실험을 성공리에 마치고 케이크 한 조각 먹고 쉬고 싶다, 는 생각이 진심으로 들기 시작하는데…….

스테이지 19 막바지에서는 컨베이어 벨트를 연상시키는 호버 타일에 올라 이동한다. 글라도스가 플레이어에게 "이제 다음 코너를 돌면 휴게실이에요, 실험을 우수한 성적으로 통과한 걸 축하드려요, 케이크를 준비해뒀어요"라는 말을 한다. 몇 초간 나는 극심한 피로를 느끼면서 희고 깨끗한, 약간은 살풍경한 미래적인 분위기의 휴게실 안에서 흰 가운을 입은 과학자들이 작고 초라한 케이크를 들고 기다리는 걸 상상했는데

코너를 돌자 소각장이 나왔다.

그걸 보자마자 눈물이 팡 터졌다. 그 와중에도 글라도스는 실험에 성공해서 축하한다고, 축하한다고, 끊임없이 지껄이고 있었다. 그러니까

케이크가 준비된 게 아니고…… 아예 날 케이크로 만들려고 오븐을 열었다 이거지…… 뭐 이런 생각이 들어서 눈물이 났다. Y가 옆에서 어깨를 으쓱하면서 이래서 직접 해보시라고 한 거예요, 했다. 이제 어떡해요? 어떡하지? 손이 마구 떨려서 뭘 어떡하나 하고 있으니 Y가 사실 실험 19개는 전부 튜토리얼이었고 여기부터가 진짜 겜이라고 할 수 있습니다. 짠. 하면서 소각로 위쪽으로 탈출하는 마술쇼를 보여줬다. 그리고 그건 딱히 이스터 에그(게임, 영화 등에 숨겨진 장치) 루트 같은 게 아니고…… 플레이어가 당연히 그 길로 가도록 마련된 레귤러 선택지인 것 같았다.

그렇게 해서 주요 아이템인 포탈 건을 써 애퍼처 사이언스 래버토리의 심장부에 도달하여 글라도스를 처단하는 것이 엔딩 조건이었다. 스테이지 보스인 글라도스와의 결판에서도 터무니없이 많이 죽었고, 결국 거의 Y가 깨준 셈이 되었다. 글라도스의 코어를 전부 태우자 Y의 룸메이트가 "엔딩에서 나오는 쩌는 노래"라고 표현했던 〈Still Alive〉라는 곡이 흘러나왔다.

도스 화면처럼 출력되는 가사와 심플한 애니메이션이 흐르는 화면을 보면서 막 울었다. Y가 왜…… 우세요…… 물어서 어이가 없어서 운다고 했다. 엔딩이 완전히 끝난 다음 로비 화면으로 나오니 배경 이미지가 초콜릿 케이크 CG로 바뀌어 있었다. 그것을 보고 아, 날 밝으면 꼭 초콜릿 케이크 먹어야지, 결심했다. 그 생각을 Y에게 말하니 그…… 지금 보시는 케이크가, 척 보기엔 그럴싸하지만…… 그 연구실의 환경을 생각해보면, 모양만 그럴싸하게 빚어놓은 가짜 케이크일걸요. 내용물은 산업 폐기물 핵 폐기물 뭐 그런 거고. 그 대답에 묘하게 빈정이 상해서 뭐라 반박을 하려다 기운이 없어서 그만뒀다. 거의 아침 일곱 시가 다 된 때였다.

눈을 좀 붙이고 일어나 배달 음식으로 끼니를 때우고 누워서 영화를 봤다. 영화 끝나고 또 잠들었다가 깨어보니 방에 Y하고 나밖에 없었다. 저녁 뭐 먹죠, 별생각 없으면 그냥 말까요, 뭐 이런 얘기를 하다가 주머니에 손 넣고 PC방에 갔다. Y가 룸메이트 아이디로 스팀 로그인을 시켜줘서

〈포탈2〉를 설치했다. 설치에만 30분은 걸렸다. 그동안 뜸했던 〈디아블로3〉를 좀 하다가 껐다.

그러고 두 시간 동안 〈포탈2〉를 했다. 밤에 개쌍피곤할 때 한 것보다는 조작감도 나았고 시리즈 첫 번째 작품이 거둔 성공에 힘입은 것인지 그래픽도 괄목할 만한 발전을 이루어서…… 한마디로 우와 니네 돈 많이 벌었나 보구나 하는 생각이 절로 들었다. 〈포탈〉도 재밌었지만 2가 훨씬 재미있었다. 게임 시나리오에 대한 스포일러를 Y에게 조금 들었지만 그것과는 별개로 재미있게 할 수 있었다. 아홉 시 오십 분쯤에 Y가 일어났고 나도 열 시 조금 넘어서까지 잘 안 풀리는 스테이지를 붙들고 있다가 분연히…… 떨쳐…… 일어섰다.

서울 가는 고속버스 정류장 뒤편 투썸 플레이스에서 초콜릿 케이크를 사 먹었다. 뭐라고 말할 수 있을까, 나는 내가 이러는 게 좋다. 뭘 하고 싶다고 마음먹으면 꼭 그렇게 하고 마는 게.

〈안녕, 프란체스카〉 시즌 1, 2 정주행했다. 눈치챈 사람이 있을까? 내게는 아직도 프란체스카에서 영향

받은 습관이나 그 비슷한 게 좀 있다. 이를테면 '~구나' 어미를 일부러 '~수나'라고 바꿔 쓰는 거라든지. 트위터에서 프란체스카가 초등학생들에게 교통 안내를 해주는 클립을 보고 이런 장면이 있었던가 하면서 껄껄 웃었는데 내가 보지 않은 시즌3에서 나오는 부분이라고.

약 사흘에 걸쳐 시즌 1, 2를 정주행했다. 되게 사랑 타령인 건 엄청 전형적인데 인물들이 아니 왜 이렇게까지? 싶을 정도로, 만화적으로, 주인공다움을 거부하는 몸뚱아리들이어서 그 엇박자가 존나 개슬펐다. 제작 시기가 또 그랬다. 내 생각에는 그즈음이 드라마에서 '진짜 사랑 타령'을 하던 마지막 시대가 아니었나 싶은데……(The Era of 〈내 이름은 김삼순〉)(아니다, 삼순이도 약간 엇나가지). 내 말은 그러니까, 막장 드라마도, 생활 밀착형 로맨스 어쩌구도 아니고, 그러니까 사랑에 대해 쿨한 척하는 메타한 어쩌구가 나오려는 태동기— 그 즈음—, 마치 청 왕조의 마지막 황제마냥 시대착오적으로—(나 지금 뭐라는 거야, 잠이 부족해서 흥이 과한가 보다).

그냥 사랑이 진짜, 너무, 존나, 제일, 최고

중요해서 눈만 뜨면 사랑하고 돈이고 나발이고 사랑만 찾고. 당장 내일 죽는다, 예를 들어 막 불치병이나 사형(?) 같은 불가항력의 사망이 예정되어 있다—고 하더라도 사랑 얘기밖에 안 하고.

뭔 말인지 알지?

프란체스카는 의외로 그런…… 정통 로맨스의 핏줄을 잇고 있다. 내가 특히 좋아한 것은 시즌2의 눈만 마주치면 껴안고 자빠지는('껴안고 앉았다'라는 뜻이 아니고 진짜로 '껴안고 뒤로 자빠진다'는 말이다) 두일과 프란체스카의 뒤늦은 불꽃 로맨스, 그리고 인생의 쓴맛 엥간치 다 봐서 뭐 얼마나 벅찬 남자든지 간에 딱 보면 사이즈 나오는 베테랑인 주제에 지능이 7세 수준인 바보한테 감겨가지고 또 온갖 험한 꼴을 보는 안성댁 박희진의 '모먼트'……(대사빨 장난 아니다. 최근에 영화 〈불한당〉 보면서 아 감긴다, 라는 말 요새 다시 유행하는 거 여기서 나와서 그런가?라고 생각했는데, 2005년 작인 프란체스카에 감기다, 말리다, 이런 말 다 나오더라)(물론 방영 당시 열일곱 살이었던 나는 그 말들을 느낌적인 느낌으로 이해할 수밖에 없었지만)(그러고 보니 '느낌적인 느낌'도 고故 신정구 작가가 만든 말일걸. 〈안녕, 프란체스카〉 시즌 1, 2를 집필한 작가인데, '느낌적인 느낌'은 그가 1~2화를 집필하다 사망했다는…… KBS 시트콤 〈선녀가 필요해〉에서 박희진이 하던 말).

수명이 무한한, 또는 무한에 가까운 어떤 존재를 사랑하는 것은 어떤 일일까? 최근에 틈틈이 네이버 웹툰 〈용이 산다〉도 재독했는데 주인공이자 용족 관찰자 포지션을 맡고 있는 인간 최우혁이 대략 이런 말을 한다. "지금 누나 눈에 나 말하는 강아지나 고양이로밖에 안 보일 거 알지만, 그래서 내가 이러는 거 징그러울 수도 있지만 저에게도 감정이 있다구요." 최우혁은 26세 인간이며 600살이 넘은 용인 김옥분에게 반한 상태다.

불로불사 모티브에는 언제나 관심이 많았다. 최고로 좋아했던 건 다카하시 루미코 〈인어〉 시리즈. (언젠가 "인어 고기를 먹으면 불로장생하죠"라는 말을 듣고 깜짝 놀란 적이 있다. 그건 사실 루믹 월드 고유 설정은 아니고 일본의 전설 같은 거라고 하며, 뭐 굳이 상식까진 아니다 보니 만화를 안 본 사람은 거의 모르는 얘기인데, 또 그 만화가 국내에서 그렇게 메이저는 아니잖아.) 무한정 수명이 늘어난 와우배거 생각도 난다. 수명이 무한하면서 시간을 초월할 수 있다면 거의 모든 개별 존재와 사랑할 수 있겠네 하는 생각이 문득 들었고, 그건 신이겠네 하는 생각도. 그와 거의 동시에 신은 사실 개별 존재를 특정 시점에 특별히 더 예뻐하고 사랑하면 안 되지 않나? 하는 생각도.

또 그렇다면 개념상, 신은 아무도 사랑하지 않는다고 봐야 하는 게 아닐까 하는 생각도.

생각, 옛날 생각 많이 났다.

아침까지 엔딩을 보면서 일기를 쓰다가 존나 울었다.

윈도우즈 재설치를 시도 중이다. 뭐가 잘못된 건지는 모르겠는데 패러렐즈 내에서 윈도우즈 업데이트를 해보려 했더니 계속 오류가 나고 실행이 안 되길래 가상 드라이브를 하나 더 잡아서 아예

64비트 윈도우즈10을 설치하려는 참이다. 또 뭐가 잘못됐는지 세월아 네월아 설치 프로그램 다운로드에 한오백년 걸릴 기세여서 너무 답답하고 화가 났다. 다운로드가 완료되길 기다리면서 주로 한 일이 바로 〈프란체스카〉를 보는 거였다.

이 일기를 업로드하고 나서 윈도우즈 재설치를 시도할 거고, 64비트 윈도우즈 설치에 성공하면 최근에 산 〈컵헤드〉라는 스팀 게임도 해보고 싶고…… 하다 만 〈포탈2〉도 구입해서 다시 해보고 싶고…….

아니다, 사실은 윈도우즈 재설치가 급한 이유부터가 한예창 지원금 수령 문제 때문인데. 지원금 생각을 하면 장편 원고 생각을 안 할 수 없고, 장편 원고 피드백 받기까지는 한 달도 안 남았으며, 진척도를 물으면 반 정도 했습니다……(시작이 반이니까요……)라고, 뺨 맞기 딱 좋은 말을 할 수밖에 없는…… 환장할 상태이고…… 월말에 또 팽팽 놀기로 약속도 잡아놓았고…… 와중에 이번 주 토요일은 구 룸메이트 생일이라서 한번 만나기로 했고(11월 2일까지는 비위를 맞춰주려고 한다……) 솔직히 정신없고 집중도 안 되고.

으 갑자기 막막해서 눈물이 나려고 한다

후드득후드득

한마디로 이러고 있을 때가 아닌 것이다. '이러고 있을 때가 아닌데'라는 생각이야 이 일기에 쓰인 모든 일을 하는 동안에 패시브로 늘 하고 있긴 했지만, 이러고 있을 때가 아닌 와중에 곡물창고(팀 블로그) 입하(업로드)도 하고 시 메모도 하고 아무튼 할 거 다 하면서 아 이러고 있을 때가 아닌데—이러고 있는 정신 일부가 나로서도 좀 얄밉고, 울든가 웃든가 하나만 해라 하나만, 뭐 그런 생각이 안 드는 것도 아니고.

And then fire shot down from the sky in bolts(뮤지컬 〈헤드윅〉 중 〈The Origin Of Love〉의 가사)

2017년 10월 21일

무한정 수명이 늘어난 와우배거는 『은하수를 여행하는 히치하이커를 위한 안내서』에 나오는 외계 지성체로, 말 그대로 수명이 무한해서 우주선을 타고 어떤 시공이든 찾아가 전 우주의 모든 존재에게 모욕적인 말을 하는 것으로 그 무한한 생애를 어떻게든 견디려 하는

그러니까 만약 내가 그렇다면, 욕 한마디 하고 돌아서는 것보다는 시간을 들여 전 우주의 모든 지성체와 연애해보는 게 훨씬 낫지 않은가 하는

거였는데

어쩌면 와우배거는 이미 그렇게 하고 있는지도 모르겠다는 생각이 든다. 그의 시간은 무한하고…… 한 지성체가 와우배거를 꼭 단 한 번만 만난다는 법은 없으며(일단 와우배거의 원칙은 그런 모양이지만, 주인공 아서 덴트는 시리즈 통틀어 두세 번쯤 그와 마주친다)(이오인 콜퍼인가 하는 작가가 이어 쓴 프리퀼에선 와우배거가 주인공이라고 하며 시리즈의 히로인 격인 트릴리언과 로맨틱한 관계가 된다고 들었는데, 읽지 않았고 읽고 싶지 않다. 영국인들 중에는 가끔 되게 이상한 이름을 가진 녀석들이 있는 것 같다)

그럼 내가 사귄/앞으로 사귈 어쩌구 중 하나쯤은 와우배거일 가능성도 배제할 수 없을 것 같은데

일전에 어떤 승려가 그런 내용의 설법을 했다고 한다. 윤회론의 핵심은…… 그러니까…… 전 우주의 모든 시간선의 삼라만상이 '나'의 환생이라는 것…… 그러니까 나와 사랑하고 나를 죽이고 내가 먹고 나는 살리고 내게 잊을 수 없는 일을 저지르고 뭐 그런,

이런저런 너절함들 모두 나하고 나 사이의 일이라는 것(우웩?).

비슷한 생각을 스무 살쯤 소설로 써보려는 생각을 했던 게 떠올라서(다인칭/무인칭 소설을 써보려고 했다)(치기가 있었다고 해야 할지)(이걸 직접적으로 떠올리게 된 메모가 거기 있다. "너는 나였다." "그리하여 모두가 아무도 아니게 된다." 당연히 이것만으로는 소설을 짓기—여기서 '짓다'라는 건 건설에 가까운 의미—아주 어렵기 때문에 러프한 페이퍼 아키텍처로 남아 있다)(그러고 보면 페이퍼 아키텍처는 한없이 클로짓 드라마에 가깝지 않은가)

한편으로는 빨리 말하지 않으면 누군가 나보다 먼저 말하고 만다는 심술궂은 격언 비슷한 게 떠올랐고

그런가 하면 어차피 아무 명예도 없는 내가 완성되지 않은 말을 성급하게 한다고 해서 그게 무슨 의미나 있으려고, 같은 생각도 들어서 별로 억울하지 않고

('별로 억울하지 않고'라는 말을 하는 건 억울하지

않은가를 자문해봤다는 거겠지? 그건 얼마간은 억울한 것 같다는 생각을 해서겠지?)

좋은 사람으로 인준받기 위해 내가 하는 노력들에 대해서 생각해봤다.

'마음이 바라는 바를 따라도 법도를 넘지 않는다從心所慾不踰矩'…….

물론 나도 양심의 가책 때문에 두 쪽으로 쪼개지는 기분이 들 때가 있다.

그러고 보면 시를 쓰고 있는 것도 별일이다. 재작년 3월의 일기를 보면 시처럼 생긴 건 다 죽여버리고 싶은 기분이었을 텐데(웃음).

이 문단의 문장들이 잘 이어지지 않는다는 것을 안다.

한 시간만 지나서 다시 읽어도—나로서도—생략된 부분들을 유추하며 읽느라 애를 먹게 되리란 예감.

오늘 약속 때문에 얼마간…… 한 2주? 1주 반? 경계와 긴장 속에 살았는데 전날 심야에 갑자기 약속

취소 통보가 와서 얼마간은 안도하고 얼마간은 지가 뭔데, 같은 생각이

왜 이렇게 문장 닫는 게 안 되지.

생일인 걸 몰라야 축하할 수 있게 된 건 아닐까? 아서 덴트의 비행법처럼, 추락하는 일에 실패해야 날 수 있는 것처럼(올해 내 음력 생일—칠석—은 8월 28일이었는데 그날이 마침 Y의 양력 생일인 것을 그날에야 깨달았다. 케이크를 샀다. 원래는 스스로를 위해 산 거였는데 시침 뚝 떼고 Y 주려고 산 척했다. 생일 축하 노래를 부를 때도 모두가 사랑하는 Y의, 라고 했다. Y만 혼자 사랑하는 목화(내 닉네임)의—라고 했던 게 생각난다)(생색내는 건 아니다)(아니 그 정도는 해야 하는 거 아닌가? 개강 전날 우리 집까지 와줬잖아. 더 잘해줬어도 아깝지 않았을 거다).

아무튼

아침부터 와우배거 생각이 난 건 그저께 쓴 일기의 영향도 있겠지만 8년 전 이 일자에 『은하수를 여행하는 히치하이커를 위한 안내서』를 선물했던 탓도 없지 않을 거다.

오늘 할 수도 있는 다른 일들이 좀 있었다: 일반부 백일장이 있으니 신청해서 가자고 한 사람이 있었고, 대학 때 새터주체 같이했던 같은 과 동기가 청첩장을 돌린다고 만나자 했었다. 정작 나는 오늘 뭐가 제일 하고 싶었냐면 대학로에서 헤드폰을 끼고 걸어 다니면서 듣는 형태로 진행된다는 인터랙티브 연극을 보고 싶었다.

약속이 취소되어서 오늘은 그냥 문학 하는 날이 될 예정이고 그건 당연한 일이다. 요새 나는 문학 말고 다른 거 할 겨를이 없다. 이론적으로는 그렇다.

음, 멕시코 요리 먹고 싶다. 몹시 질펀한 섹스를 하고 나서 아주 매운 멕시코 요리를 먹으면 펑펑 울고 난 다음 찾아오는 안도감, 청량감, (이 느낌을 잡아 가둘 한 단어가 없나? 내가 모르는 건가?) 뭐 그런 비슷한 느낌이 들 것 같은데

비용상 그냥 우는 게 훨씬 낫겠구나. 쓸쓸한 일이다.

무슨 일이 일어나고 있나요

2017년 11월 11일

"여기에 웃는 사람 우리 둘밖에 없다"는 말을 들었다. 웃음이 잘 멈추지 않았다. 옆 사람은 울었다. 아니 왜 울어? 하면서 계속 웃고 있는 내가 반쯤은 미친 것처럼 느껴졌다. 나머지 반의반은 겪어온 일들을 생각하면 이 정도는 웃어도 되지 않나, 하는 생각을 하는 데에, 그 나머지는 정말 내가 너무한 것 같기도 하단 자책을 하는 데에 소모되었다. 상대방이 "아니오"라고 하면 어떡하지 생각했는데 그런 대답을 할 틈도 없이, 판사가, 이름을 부르고, 됐습니다. 나가보세요. 라고 했다. 공식적인 이혼 절차가 그렇게 끝났다.

신도림역에 있는 호텔 40층인가 41층인가, 아무튼 고층에 있는 고급 음식점에서 밥을 먹고 헤어졌다. 멀어져가는 뒷모습을 보면서 자살하는 건 아니겠지 걱정했다(이 얘기를 H한테 했더니 무섭다고 했다. 무서운 일인가? 내가 그런 생각을 하는 게?). 구청에 들렀다가 집에 와서 한숨 자고 일어났다. 깨어나자마자 전화를 걸었고 통화 연결음 하나가 채 끝나기도 전에 목소리가 들려서 깜짝 놀랐고 게임을 하는 중이라 길게 통화하긴 어렵다고 하길래 이건 제가 아침부터, 오늘 꼭 해야겠다고 생각한 말인데요, 라고 하고, 용건을 전했다.

저녁에는 사람을 만났다.

다음 날은 한예창 멘토링 합평회 날이었다. 약속 장소 로비 카페에서 송고를 하고 지하에 내려갔더니 원래 귀여운 애가 귀엽다 귀엽다 하니까 더 귀엽게 하고 왔다, 고 하셔서 웃었다. 평생 딱히 미인계……를 계책으로 삼으려는 생각을 해본 바가 없는데 여차하면 다다음 주에 미인계를 쓸 수밖에 없다는 생각을 했다.

> 토요일에는 보드게임을 배우러 다녀왔다.
> 〈네비가도르〉와 〈시에나〉를 했다.

> 문학을 존나 했다. 시 스터디에는 나가지
> 않았다.

한 2~3주는 문학 한다 문학 한다 노래를 부르고 다녔다. 첫 열흘 정도는 일 평균 원고지 7매 정도 썼다. 그러다 마감 직전 능률이 수직 상승해서 이틀 사이에 130매 정도 썼다. 미완 원고를 대략 정리해서 링 제본을 떴다. 우체국 열자마자 당일특송을 부칠 생각으로 주변 카페에서 버티다가(탐앤탐스에서 새벽 두 시까지, 맥도날드에서 새벽 다섯 시까지 버티고 집에 잠시 들렀다가 홍대 킨코스 갔다가 망원시장 주변 크게 두 바퀴쯤 돌고 일곱 시경 이디야 커피에 들어감) 통화 가능하냐는 카톡을 받고 밖으로 나갔다. 8분 정도 통화를 했다. 하기로 한 일을 다 마치고 집에 가니 잠이 잘 오지 않았다. 사실 이날 일은 많이 가물가물하다. 조금 자고 일어나서 씻고(이 중간에 뭘 했는데 그게 뭐였는지 생각이 안 난다)(생각났다, 청소를 했네) 우체국에 갔다. 우체국 마감 시간에 맞춰 나와서 또 망원동을 두 바퀴쯤 돌았다. 아침의 통화로 저녁의 약속이 잡혔고, 그렇게 시간을 죽이다 보면 금방 오겠지, 하는 생각이었는데 밖에서 한 시간 가까이 서성여도 도착했다는 말이 없길래 집에 또 들렀다. 정신이 혼미하단 생각이 들 즈음 합정역이라고 해서 마중을 나갔다.

오늘은 예쁜 걸 먹어야겠어요

라고 하고(저도 그렇게 생각해요, 라는 대답을 들었다) 집 근처의 돈가스 가게에 갔다(별로 예쁜 음식 같은 느낌이 아니라서인지 이 얘기를 하면 다 웃는데 그 집 돈가스는 예쁘다). 하이볼과 맥주를 마셨다. 집에 와서는 애플사이다를 마셨다. 〈비밀은 없다〉를 봤다. 그게 〈아수라〉랑 어떻게 다른가에 대해서 얘기했다.

아침에 역까지 걸어갔다가 돌아와서 조금 잤다. 산언니 새 책이 서점에 깔리는 날이었고 세 사람이

모이기로 한 날이었다. 할 수 있으면 캐치볼을 하고 아님 말고, 라는 식의 느슨한 기분으로 서점에서 만났다. 한 분이 이미 산언니 책을 샀다고 해서 남은 책 한 권을 내가 사서 다른 한 분께 드렸다. 낙지볶음을 먹고 포키와 『스타걸』을 선물로 받았다. 좌투용 글러브를 평생 위탁받기로 했다. 젤라또 먹으러 가는 길에 집에 들러서 글러브와 선물들을 내려놓았다. 짐이 많은 한 분에게 빨간 에코백을 하나 드렸다. 젤라또를 들고 걷다가 귀여운 잡화점을 발견했다. 다 먹을 때까지 걷고 나서 돌아갔다. 들어가 한참을 구경하고 카페에 가서 무엇무엇을 샀는지 일행에게 보여주었다. 다른 분들은 가벼운 알콜 드링크를 시키고 나는 에이드를 마셨다. 돌아가서 일을 해야 한다고.

조금 자고 일어나서 정말 일을 했다. 작년에 하던 외주의 연장이고, 그러니까 작년 이맘때 내가 내년에 이걸 또 하면 인간도 아니다, 라고 울면서 이를 갈아놓고 결국 올해도 맡아버린 일인데, 이게 이 타이틀의 올해 마지막 행사네, 생각하니 기분이 조금 묘하기도 했다. 밤을 새다시피 해서 어찌어찌 일을 끝냈다.

한 번 더 자고 일어나서 보조 배터리를 구경하러 갔다. 노트가 예뻐서 노트도 샀다. 둘러보다 보니 물욕이 생겨서 내 물건도 하나 샀다. 그것들을 들고 버스를 탔다.

카페에서 시를 읽고 순서를 정했다. 러시아 식당에 갔다. 선물을 줬다. 맥주를 사 들고 자취방에 갔다. 맥주가 떨어져서 더 사러 나갔다. 나간 김에 노래방에 갔다. 편의점 떡볶이와 맥주를 사서 돌아갔다.

점심을 우정집에서 먹으려고 했는데 닫혀 있었다. 올해 장사가 끝났다는 모양이다. 충격에 빠져서 아무 분식집에 들어가버렸다. 분식을 아주 오랜만에 먹는 것 같다고 해서 저는 그럴 때가 있어요…… 매일 한 끼 떡볶이를 먹지 않으면 안 되는 주간 같은 게 가끔 와요……라고 했다.

저녁에는 고깃집에 갔다. 고깃집 옆자리 사람들이 엄청나게 시끄럽게 떠들어서 정말 죄송한데 목소리가 너무 크셔서 대화 내용이 다 들려요, 죄송합니다(내가 크게 죄송할 일이 아닌데도 죄송하다는 말을 두 번이나 했다)(마지막으로 내가 들은 대화 내용은 그들—남자 다섯 명—이 다 같이 화장실에 갔는데 맨 마지막으로 화장실에 들어온 녀석이 오줌을 아주 짧게 싸서 이 새끼 조루 아니냐 오줌을 쫄. 쫄. 쫄. 싼다ㅋㅋ 뭐 이런 거였다. 즉…… 평소에도 썩 듣고 싶지 않은 대화인데 식사 중에 듣고 있자니 너무 괴로웠다) 했더니

내 말이 재수가 없었는지 우르르 일어났다. 마침 고기를 다 먹은 참이기도 한 것 같았지만 내가 말하고 5분도 안 되어 일어난 건 역시 좀 그렇다는 생각이고…… 나가다 말고 회색 티 입은 사람이 문 앞에서 계속 날 노려보고 내게 다가오려고 하고 다른 일행들이 '야 참아ㅋㅋ' 하는 식으로 그 사람을 말려서 존나 좀 무서웠다. 에스더 정신으로("죽으면 죽으리이다") 그냥 계속 고기 굽는 척을 했는데 진짜 무서웠다. 얼마나 무서웠냐면 그들이 날 봐뒀다가 서울 가는 버스 타러 가는 길에 내가 혼자가 되면

망치로 뒤통수를 깐다든가 뭐 그런 짓을 하진 않을까,
하고 생각했고
그런 일이 일어나진 않았지만 고속버스
터미널에서 택시를 타고 돌아오는 길에도 자꾸
뒤에서 남자들이 툭툭 치고…… 소소한 택시 사기를
당하고…… 뭐 그런 일들이 중첩되는 바람에

한 열흘 남짓 좋은 맥락에서든 나쁜 맥락에서든
발이 땅에 안 닿아 있는, 그러니까 현실감각이 좀
떨어진 것 같은 컨디션이었는데 덕분에 좀 정신이
차려지는 것 같다.
이런 삶은 역시 불리하다. 그 점을 최대한
평평하게 인정하려고 애쓰고 있다.

아 이삭 토스트 먹어야지, 내일은.

첫눈 전후의 대략

2017년 11월 24일

장편 멘토링 겸 합평회 끝났다. 3회차 내 순서에 선생님이 해준 좋은 말들은 나머지 쓰면서도 계속 떠올릴 수 있으면 좋겠다. 그 밖에는 그다지 남길 말이 없다. 어차피 남의 소설들이 아닌가……. 내 일기에 쓸 일은 아닌 것 같다. 이미 일기에 쓴 사건이지만 3회차 제본해서 우체국 열기를 기다리는 사이에 전화를 받았고, 그건 그로부터 닷새 전에 내가 걸었던 전화에 대한 답신이었고

마지막 합평회라고 자정까지 술을 마셨다.

한 사람은 배우자의 생일이어서, 한 사람은 제사 때문에 중간에 자리를 떴다. 나는 왠지 끝까지 붙어 있었다. 넌 맥주를 좋아하니까 비싼 맥주만 시키라고 선생님이 그랬다.

간파당하는 게 기분 나쁘면 그 사람이 싫은 거고 썩 불쾌하지 않으면 좋은 거구나

뭐 그런 생각을 했다.

막차는 끊겼네요, 이런 말을 하면서 택시를 잡으러 가는 길에 술 더 마시자고 소매를 붙든 건 2회차 합평 대상자였다. 좀 웃으면서 "제가 지금 생리 중인데 생리 중에는 술 많이 못 마셔요" 같은 말을 했다(사실이다)(그런 한편 취해서 그런가, 말조심하고 싶은 생각이 추호도 안 드네요 싶어서 그냥 말해버린 것이기도)(그러나 그 말을 하는 시점에 이미 2,000cc 넘게 마신 상태이기도 했다).

셋이서 택시를 탔다. 한 사람 내린 다음 엉덩이를 끌며 뒷좌석 왼편으로 자리를 옮겼는데 조수석에 타고 있던 선생님이 뒤로 손을 내밀어 잡으라고 했다.

한참 어른인 사람이 나에게 그렇게 다정한 게 되게 오랜만으로 느껴져서 기분이 이상했다. 꼭 내게만 다정한 것도 아니었는데(이런 말을 하는 건 내게만 다정하길 바라서 그런 걸까?).

> 선생님이 오라고 해서 출판사 송년회 가기로 했는데 뷔페일까, 코스일까 말고는 아무것도 궁금하지가 않다.

합평회 뒤풀이 1차 자리에서 모친의 전화를 여러 통 받았다. 이틀 지나 깻잎 한 통 멸치볶음 한 통 고들빼기 한 통 그리고 김치 몇 포기가 택배로 왔다. 모친이 주소 끝자리를 16으로 잘못 썼다고, 택배 기사분이 나한테 화를 냈다. 저녁에 모친에게서 걸려온 전화에 그 얘기를 전했더니 아닌데, 그럴 리가 없는데, 네가 보내준 메시지 그대로 썼는데…… 라고 했다 그건 미안하다는 뜻이다. 기껏 밑반찬을 보내놓고 미안해하는 게 짜증이 났다. 굳이 택배 기사분이 화낸 걸 모친에게 전한 건 아무 생각도 없는 짓이었다. 전화를 끊고 나니 입을 치고 싶은 심정이 되었다.

잠을 한…… 네 시간씩 끊어 잔다. 짧으면 세 시간, 길면 다섯 시간 정도 자고, 한두 시간 트위터 따위를 보면서 노닥거리다가 두 시간쯤 더 잔다. 잠드는 시간은 대중없는데 진짜 오늘 배터리 다 썼다 싶은 시점까지는 누워도 잠이 안 와서 어쩔 수가 없다.

잠 많이 잤냐는 말을 들어서 이런 생각들을 했는데 막상 대답은 뭐라고 했는지 기억이 안 난다. 그런 걸 물은 까닭은 상대방은 나보다 더 수면 패턴이 나빠서일 것이다. 잠의 안부를 묻는 사이라니, 그런 걸 확인해야 하는 사람들이라니.

스물한두 살 먹었을 때의 잠들이 약간 지금과 비슷했다. 그때는 잠을 크레바스처럼 여겼던 기억이다. 절대로 건널 수 없는 어떤 것, 잠 이전과 이후의 내가 너무 다른 사람처럼 느껴지는 것, 그래서 잠이 정말 간절하면서도 잠드는 게 너무 무서웠다. 잠깐 죽었다가 다시 사는 느낌이니까.

(뭐 이런 생각도 당시 일기에 쓴 적 있는데 그건

이제 없고, 그냥 잠의 크레바스 운운하는 다른 일기만 남아 있다)(잠에 대한 일기 생각을 하고 보니 사랑은 동반수면이라는 일기를 쓴 기억도 난다)(이 생각은 변함이 없다)

놀이공원 데이트를 하기로 했는데 시간이 늦어서 악어에 갔다. 나폴리탄 스파게티와 돼지고기 마라샹궈를 시켰다. 첫잔은 둘 다 테넌츠를 마셨다. 두 번째로는 대동강과 빅아이. 세 번째는 나만 마셨다: 하이볼 스프라이트.

계산할 때 사장님이 술을 참 잘 마시는 분 같다고 해서 속으로 우쭐해졌다. 나와서 계단 내려갈 때 사장님이 내가 두고 나온 핸드폰을 챙겨서 따라 나왔다. 술잘알에서 단순 취객으로 강등되는 기분이 들었다.

노래방에 갔다.

공부를 열심히 하겠다는 말을 듣고 막 웃었다.

아침에는 맥모닝을 먹었다.

시 스터디 더 이상 나가고 싶지 않다. 최근에 Y하고 같이 〈은하해방전선〉 다시 봤는데 거기 나온 대사 생각난다. "나 왠지 이 연애 정신력으로 버티는 것 같아."

H하고 피자 먹은 가게랑 혜언니하고 커피 마신 가게에 또 가고 싶다. 서강분식도. 맛있는 걸 먹고 싶은 건지 데이트를 하고 싶은 건지 잘 모르겠다.

집에서 밑반찬 받은 김에 밥 새로 안쳤다. 한 열흘 만인가. 더 오랫동안 밥을 안 한 시기도 있었다. 여름쯤? 슬슬 경제활동도 다시 시작해야겠다는 생각도 월초부터 해온 참인데 한편으로는 지금 쓰는 거 왠지 개잘될것같아 내인생 존나필거같아ㅋㅋ 하는 근거도 대책도 없는 막연한 낙관을 동시에 품고 있다.

스포일드 차일드

2017년 11월 30일

거의 모든 사소한 일에 원칙을 갖고 있고 그런 것들에 대해서라면 종일이라도 떠들 수 있다(트위터에서 맨날 하는 게 그거잖아, 내가 어떤 사람인지 설명하는 데에 시간을 아낌없이 쓰잖아). 지켜도 그만, 안 지켜도 그만이지만 지키면 확실히 편한 나만의 규칙들. 거꾸로 말해서 아직 원칙이 생기지 않은 일에 대해서는 두려움과 거부감을 느낀다.

잠깐만…… 뭐 하러 이렇게 어렵게 말한담, 그러니까 결국은…… 서른 목전에서 느끼는바 이제는 처음 하는 일이 거의 없게 된 것이다. 그 사실을 허탈해하는 동시에 안도하고 있는 것이다. 아직 가보지 않은 나라, 아직 안 먹어본 음식 같은 건 논외고…… 어차피 자극은 반복된다고 느낀다. 딱히 불만은 없다.

원래 이 일기의 제목은 '마시는 빵이 있는 식생활'이라고 하려고 했다. 하루걸러 1,000cc꼴로 맥주를 마시고 있는 것 같다.

있었던 일들에서 어떤 일반론을 추출해내는 이런 식의 일기는 재미가 없다. 그런데도 이런 말의 낭비를 하는 건 이—존나—파란만장했던—1년이 이제 얼마 남지 않았다는 소회…… 같은 걸 알게 모르게 느끼기 때문이겠지. 예전에는 이런 식으로, 말하자면 달력 식으로—학생회 시절 배운 말인데 시험 기간 복지 사업이나 축제 기획처럼 매년 매 분기 반복되는 일들을 '달력사업'이라고 했다—생각하는 사람들을 천박하게 생각하는 편이었다.

(라고 쓴 다음 '예전에는—' 하면서 좀 더 어릴 때 내가 갖고 있던 건방지고 무례한 태도들이 이제는 사라진 것처럼 말하는 것도 속물적이라는 생각을 하고 있다.)

시 스터디 빠지고 안성에서 이틀 잤다.
집으로 돌아오자마자 옷을 갈아입고 홍대에 갔다.
할로윈 파티 때 알게 된 D씨의 하우스메이트가 곧
출국한다는 이유로 모인 것이었다. 술값을 내가
계산했더니 D씨와 D씨의 하우스메이트 J님이 막
쫓아와서 내 가방에 현금을 만 원씩 넣어주고 갔다.
사람들이 왜 그렇게 현금을 많이 들고 다니는지
도무지 이해할 수가 없다.

언니 내일 뭐 하세요, 내일 우리 문학 할까요?
D씨가 그랬다. 아무것도 안 합니다, 라고 솔직하게
말하고 다음 날도 D씨와 만났다. 빌리프 커피에서
만난 다음 저녁을 먹고 망원 앤트러사이트에 갔다.
언니 내일은 뭐 하세요? 내일은 약속이 있습니다.
솔직하게 말하자니 그랬다.

그러는 동안에 언니들은 구마모토에 있었을
것이다. 트위터를 켤 때마다 아주 잠깐씩 이런 감상에
잠겼고 그 생각에 이상하게 웃음이 나곤 했다.
혜언니가 일본 여행 간다고 해서 앗 저도 겨울에 갈까
생각 중이에요 했는데

화요일에는 못 올 수도 있다는 연락을 받고 잠깐 시무룩해져 있었다. 부러 그런 티를 내지 않으려고 애를 쓰고는 있지만 정말 어른스럽게 행동하고 있는지에 대한 회의도 끊임없이 솟기 때문에 상당히 애매한 기분이 든다. 이런 것들은 그러나 만날 수 있다는 기쁨과 비교하기엔 아주 작다. 그렇지만 결국 만나기로 했을 때 내가 이 사람에게 너무 큰 부담을 주고 있는 게 아닐까 하는 두려움이 드는 건 막을 수 없고, 그것의 규모는 '만날 수 있어서 기쁨'과 거의 대등하다. 이런 마음은 누구한테도 말할 수 없고— 결국 창작이란 건 '이런 마음은 누구한테도 말할 수 없고'를 아주 모르는 누군가에게 이해받을 수 있…… 을지도 모른……다는 기대에서 하는 거 아닌가 하는 생각이 문득 든다—약속이 지켜지면 곧 잊히기도 하지만 아주 없었던 것이 되지는 않는다.

마중을 나가기로 했는데 준비가 덜 끝나서 결국 집 근처 역까지 오게 했다. 베라보에서 라멘을 먹고 신촌까지 걸어갔다. 가는 길에 웬 작은 점포에서 대여점용 중고 만화책을 팔고 있길래(간판은 없었고 원래 대여점은 아닌 것 같았다) 정신없이 구경했다. 『프라네테스』 구판과(이것에 대해서 뭐라 말하고 있을 때 사장님이 끼어들어 "그건 절판 만화예요" 했는데 최근에 신판이 나왔다……. 신판이 나오기 전에는 상당한 레어 매물이라 가격이 굉장했다고 하는데, 트위터에서였나, 누구 지인이 구판 어렵게 구했다고 자랑하더니 얼마 안 지나 신판 복간된다는 소식에 땅을 쳤다, 뭐 그런…… 그런 걸 봤는데 쓰고 보니 흔한 사연이네) 뭐였지…… 하나가 생각이 안 나네, 택배 받아야 알 수 있겠다. 고를 때는 엄청 기뻐했었는데, 아무튼 김민희의 『강특고 아이들』도 샀다. 이걸 책장에서 뽑을 때 사장님이 그것도 되게 구하기 어려운 거라고 생색을 냈다. 어어어엄청 재미있는 만화예요, 내 작품도 아니면서 으스댔더니 보게 해줄 건가요? 하고 물었다. 그럼요, 왜 안 보여줄 거라고 생각했어요?

글쎄요.

원래는 신촌 위트앤시니컬에 가려는 거였다. 그래서 그렇게 했다. 만화책 가게에서 시간을 너무 허비한 게 아닐까 싶었는데 마침 무슨…… 독일어로 번역된 한국 시를 듣는 행사가 그날 있었다고 한다. 더 일찍 도착했으면 밖에서 발을 구르고 있었어야 했는지도 모른다.

아는 언니를 우연찮게 봤다. 나도 그 사람이 내가 아는 그 언니인가 아닌가, 긴가민가해서 좀 실례일 만큼 오래 쳐다보고 있었는데 언니도 날 알아보지 못하다가 조금 늦게야 아—! 하면서 다가왔다. 잘 지냈냐고, 저 사람은…… 남편이냐고. 아니라고 하고선 아 어디서부터 캐치업을 해줘야 하지 하는 생각을 했지만 딱히 그럴 필요까진 없었던 것 같다.

무척 기묘한 기분이 들었는데 관계들…… 프리비어슬리 인 마이 라이프…… 뭐 그런 것보다도 언니가 남편? 하고 가리킨 사람과 실제 그 인간의 용량…… 용적량…… 체구…… 물리적 규모…… 이런 것들의 차이가 먼저 떠올라서 그랬다(좀 지나고 보니 그게 엄청 미안했다)(누구에게 어떤 식으로? 글쎄, 그런 건 모르겠다. 대상도 없이 미안할 수 있나)(그런 걸 죄책감이라고 불러요). 사려던 시집을 찾길 기다리고 파스텔 쪽으로 가서 술을 한 잔씩 시켰다.

나오니 비가 내리고 있었다. 담배를 피우고 코인 노래방에 갔다.

각 열 곡 정도 부른 것 같다. 비가 그쳐 있었다.

집까지 또 걸어서 갔다.

〈안녕, 프란체스카〉 에피소드를 두 개쯤 봤다.

자고 일어나서는 에밀리 디킨슨 전기 영화 시간표를 검색해봤다. 오늘 보기엔 애매하겠네, 하는 생각을 하고 편의점에 가서 사 구짜리 계란 한 팩을 사 왔다. 김치볶음밥을 만들었다.

생전 안 보던 〈베어 그릴스〉 다큐멘터리를 봤다.

기억할 만한 농담이 여러 개 있었는데 지금은 잘 생각나지 않는다.

출판사 송년회 다녀와서 바로 누워 잠들었다. 뜻밖의 얼굴을 여럿 봤고 딱 상대방이 반가워하는 만큼만 반가워해야지 하는 결심을 했고 정말 그렇게 했다, 는 감상이다. 2차에서는 말을 거의 한마디도 하지 않았다. 나는 내가 재미있는 사람이라고 믿고 있지만 그걸 증명할 기회가 없으면 당연히 의심이…… 들지 않겠어요? 아무려나, 오래 있지도 않았는데 굉장히 피곤했다.

똑같은 행동을 해도 도도하고 시크해 보일 수 있고 재수 없는 안하무인으로 보일 수 있……

이런 말을 왜 하고 있지? 연유가 있을 텐데 깊이 생각하고 싶진 않다.

다음 약속에 대해서는 아무 이야기도 하지 못했다. 토요일에는 친구하고 연극을 보러 가기로 했다.

난 슬플 때 목욕을 해

2017년 12월 11일

정확히는 생활의 퇴폐함이 극에 달했다고 느낄 때—목욕 생각이 간절해진다.

'죽고 싶다' 같은 말을 들었을 때는 뭐라고 해줘야 할까? 제일 먼저 떠오르는 다이얼로그는 '그럼 죽어' 또는 'ㅎㅎ나도요' 같은 말로 시작하는 거지만, 물론, 그러면 안 된다. 다양한 맥락에서 안 된다. 대꾸를 안 하는 게 가장 이롭다.

애초에 아프다는 말로 관심을 끌려는 것도 개수작이잖아?

부친이 그랬다.

내가 기억/인식하기로는 모친은 결혼 생활이 유지되는 동안 꽤 오래 부친에게 객관적이지 못했는데, 딱 한 가지 나쁜 점만큼은 아주 빨리 깨닫고 있었다. 중학교 때 들은 말이었던 것 같다. 네 아빠는 아프다 하면서 관심 끄는 게 아주 나쁜 버릇이라고. 너는 나중에 그러지 말라고.

안 그랬나? 존나 많이 그랬던 것 같다. 별로 아프지 않을 때는 자해를 하면서까지 그랬던 것 같다.

20일까지를 자체 마감으로 설정하고 존나 써야지 마음먹었는데 시속 한 단어 정도 쓰고 있다.
끝까지만 쓰면 이 소설이 나를 더 좋은
사람으로 만들어주리라는 확신을 갖고 있다.
이것만으로는 충분한 동기부여가 되지
않는다.
쓰고 나면 나는 오랫동안 이 소설을 쓴
사람으로 기억될 거다. 끝까지만 쓰면……
이런 생각도 동기부여로는 적절하지 않다.
내가 이 소설을 쓰기에 부족한 사람이
아니라는 확신이 필요하다.

장편소설을 처음 쓰는 것은 아니지만

그러니까 이런 케이스들이 있다: 와꾸만 짜놓은 경우. 첫 100매가량을 쓴 경우. 한 300매 쓰다가 안 되겠어서 처음부터 다시 300매까지 쓴 경우. 300매 조금 넘는 분량으로 비실비실 써놓고 이게 '장편'이라고 우긴 경우(그런데 또 요새는 이런 사이즈로 경장편 단행본이 나오기도 하니까). 작년에는 설정 약간만 가지고 그때그때 생각나는 사건을 쭉 쓰는 식으로 해서 500매가량을 단시간에 뽑아내기도 했는데 그것도 완성은 못했다.

그러니까 완결된 장편소설을 쓴 경험이…… 이 소설을 쓰기 전 한 번은 있었어야 하는 걸까 하는 생각이 가끔 든다. 〈내 안의 그대〉 가사 같은 거다. 어떡하죠 첫사랑은 슬프다는데 나 지금 누구라도 사랑하고 올까요…… .

지난주 토요일에는 명동에서 선생님 소설을 연극으로 만든 작품을 봤다. 원작 소설은 중편이고 장편으로 개작 중이라는 모양이다. 연극은 단행본화되지 않은 발표작이고…… 함께 연극을 본 친구가 원작을 읽고 귀띔하기로는 각색 과정에서 소설의 거의 모든 문장을 살린 것 같다고 했다.

그러니까 연극을 본 것으로 그 소설을 읽는 경험을 (거의) 대체할 수 있다고 친다면…… 잘 쓰는 분이라는 건 알고 있었지만…… 정말…… 굉장하네, 이런 평가가 무리는 아니겠지(되게 이상하게 말하고 있다는 걸 알지만 잘 정리되지 않는다).

이야기에 압도되어서 울면서도 가끔은 그런 문학도적인 자의식이 작동되었다. 존나 슬프다—와 어떻게 저렇게 썼지—사이를 의식이 어떤 추처럼 오가는…….

창피한 얘기지만 아직 선생님 소설 중에 제대로 읽은 건 단편 하나밖에 없다. 그 소설은 절교한 친구가 추천해준 거였다. 선생님하고 인사할 때마다 그 친구 생각이 났다. 걔가 이분 소설 엄청 좋다고 했는데. 그래서 읽었는데.

지원금 교부 사이트랑 오랫동안 씨름한 끝에 이것저것 주문하는 데에 성공했다. 선생님 장편소설과 단편집 한 권씩을 샀다. Y가 잭 런던 좋다고 해서 잭 런던도 한 권, 안데르센 동화 중에서 별로 안 유명한—선집류에는 절대로 실리지 않는—작품 하나가 너무 보고 싶어서 전집도 한 권('전집'이 단권으로 나오다니 별일이다), 자료 조사용으로 구술 회고록 한 권…… 뭐 이런 식으로 담다 보니 20만 원어치가 훌쩍 넘었고…… 이 박스가 방 한가운데 그냥 있다. 책장도 같이 주문했는데 책장이 아직 안 와서 어쩔 줄 모르고 있다.

Y에게 필요한 책 있어요? 물었더니 책을 필요한, 이라는 말로 수식하는 게 이상하다고 했다. 그런가? 그런 식으로는 생각해본 적이 없다.

그러니까 생활의 퇴폐함이 극에 달함……
같은 것은 방 꼬라지가 난잡해졌을 때 주로 느끼는 감정이다. 방이 지저분해지면 삶의 질이 떨어졌다 느끼고, 삶의 질을 개선하기 위해서 뭔가를 또 주문한다. 정리는 끝의 끝까지, 미룰 수 있는 데까지 미룬다. 가운데 놓인 20만 원어치 책 상자를 중심으로 잡동사니와 읽지도 않을 거면서 책장에서 꺼내온 책과 다른 택배 박스들과 새 물건을 뜯으면 생기는 비닐 쓰레기와 한번 입었다 벗었는데 세탁하긴 애매한 옷들과…… 뭐 그런 것들이 쌓이고 쌓여서 허리와 무릎을 이상한 각도로 틀지 않으면 드나들기도 어려울 만큼

생각할수록 짜증나서 문장을 맺지도 못하겠다.

그러면서 또 뭔가를 주문하고, 택배를 받고, 박스를 쌓고……

뭐 그런 식으로 일주일을 났다. 쓰레기처럼.

방심하면 나는 자꾸 이렇게 된다.

그래서 목욕을 길게 했다.

> 일기에 쓸 몇 문장이 생각나서 꾸역꾸역 쓰기 시작했는데 뜻밖에 쓸 이야기가 많네? 처음엔 한 몇 문단 쓰고 말겠지 했다. 그 문장들만 쓰면 될 거라고 생각했으니까. 하지만 이렇게 길게 썼으니 원래 쓰려고 했던 문장들이 뭐였는지 나중에는 나도 못 찾게 되겠지. 빨리 까먹고 싶다.

다음 학기에 Y는 선배와 같이 살게 될 것 같다고 했다. 원래 룸메이트와 같이 살 수 없게 된 건 반절 이상 내 탓이라고 생각하고 있다.

아침부터 여러 사람에게서 이상한 이야기들을 들었다.

모친이 갑자기 동생과 나를 대화방에 초대해서는 오늘 되도록 외출을 삼가고 외출하더라도 몸가짐을 조심하라고 했다. 이빨 빠지는 꿈을 꿨다고.

Y도 낮잠을 자다가 슬픈 꿈을 꿨다고 했다. 꿈에서 Y는 여자였고 Y도 시간 여행을 했다. 과거로 돌아간 Y는 열한 살쯤 되는 나를 발견해서 거두어 길렀다고 한다. 잘 길러서 시집까지 보냈다. 그런데 알고 보니 남편이 쓰레기여서 이혼을 하게 되었고 Y는 내 남편을 죽였다. 그건 이상한 얘기지만 슬픈 꿈은 아닌데요. 오히려 귀여운 부분도 있어요. 그렇게 말하니 꿈에서는 엄청나게 슬펐다고 했다. 많은 부분 잊어버리고 얼버무려서 그렇지, 정말 슬펐다고.

나에 대해서 얼마나 아느냐고 물어봤을 때 Y는 실명과 나이. 핸드폰 번호. 사는 곳. 별자리. 직업. 이런 것들을 한 열 가지 정도 나열하고 생각보다 많이 알고 있네요, 그렇죠? 하고 말했다.
그 정도만 알아도 충분히 사람을 좋아할 수 있다는 게 이상하고 대단한 일이라는 생각이 문득 들었다. 나도 Y에 대해 그 정도밖에 모른다. 더 뭘 알면 좋을지 모르겠다.

헤테로 연애는 절대로 '이해'에 기반하지 않는다는 생각을 했다. 설거지를 하다가 든 생각이다. 이번 주에 제일 먼저 사야 할 물건은 바로 주방 세제였는데 결국 그게 이번 주 인터넷 쇼핑의 대미를 장식하게 되었다.

전조

2017년 12월 16일

지난 일기를 읽은 H가 왜 일기에 자기 얘기는 안 써주냐고 했다. 만나야 쓰지, 하고 심드렁하게 대꾸하고 나서 어떤 사람 생각을 했다. 스무 살 때 이글루스 블로그 쓰던 나한테 누가 영화 예매권 두 장을 선물한 적이 있다. 오로지 내 일기에 언급되고 싶어서. 그게 뭐라고 이런 짓을 하나요, 물었더니 네 일기는 재미있고 네 일기에 내 이름이 나오면 나도 재미있는 사람이 되는 것 같아서, 뭐 그런 대답을 들었던 기억이다. 그 사람에 대한 최종적인 인상이 아주 나쁜 것과는 별개로, 이 하나는 내게도 재미있는 에피소드로 기억되고 있다. 한 출판사 송년회에 갔을 때 그 사람과 잠깐 마주쳤다. 다시 떠올려도 딱히 데미지가 없는 걸 보니 너 정말 나한테 이제 아무것도 아니구나 하는 느낌이 들지만 굳이 또 생각하고 싶지는 않은 일이다. 생각해봤는데 당시에도 아무것도 아닌 사람이었다.

H를 그저께 봤다. 한 달 만인가 그랬다. 시를 쓰는 어떤 사람이 H한테 만나자고 했고 둘이 만나는 게 부담스러우면 평론가 K를 부르자고 했으며 평론가 K는 H가 박서련을 부르는 일을 딱히 반대하지 않았는데 Y도 합류 의사를 밝힌 참이었고 평론가 K는 또 대체로 모임이 있을 때마다 애인과 동석하는 타입이고, 그런 경위로 해서 그 자리에는 여섯 사람이 모였고 뭐 어쩌고저쩌고하다가 근처에 사는 사람 얘기가 나와서, 내가 전화를 걸어 불렀다. 화제를 좀 시 이야기로 끌고 가보려는 시도를 여러 차례 했지만 잘 되지 않았고 종래에는 그게 농담거리가 되었다. 여러분, 우리 이제 시 얘기 좀 합시다. 시 얘기 그만 좀 합시다.

나와 Y가 도착한 다음부터 H는 앞에 놓인 종이를 둘둘 말기 시작했다(—고 사람들이 내게 일렀다). 보드게임 안 가져왔냐고 해서 가져오라고 했어야지 하고 오히려 역정을 냈다. H도 나오기 전에 〈패스 오브 글로리〉를 챙길까 말까 잠깐 쳐다봤다 했다. 옆옆 자리에서 평론가 K의 애인이 휴지를 접어 쪽지로 만들고 있었다. 일어날 즈음에는 평론가 K 앞에 총 열 개가량의 쪽지가 쌓였다.

결국 이 모임의 목적이 뭐였을까요? 때때로 아무나 불쑥 이런 말을 했고 그런 거 알 게 뭐냐고 생각했다. 가끔 그 생각이 입 밖으로 나가기도 했던 것 같다. Y는 종종 테이블에 엎드린 채로 웃었다.

노래방에 갔다가 택시를 타고 집에 왔다. 같이 탄 H가 컨디션 별로 안 좋은데 자기네 동네 먼저 가도 괜찮겠냐고 해서 그러라고 했다. 안암을 벗어나기 전에 소방차와 구급차 여러 대가 어떤 길로 들어가는 걸 봤다. 내가 본 것만 소방차는 세 대, 구급차는 두 대였고 그 앞으로도 더 들어간 것처럼 보였다.

안암에 다녀온 날은 Y의 시험이 끝난 날이기도

했다. 한 과목 남았고 그 전날은 종일 아무 일도 없다길래 안성에 갔다.

버스 정류장까지 마중을 나오는 것은 매우 드문 일이라 조금 기대했는데 버스를 타고 왔다. Y가 타고 있던 버스에 나도 탔다. 시내에 우정집 말고도 유명한 냉면 가게가 있다고 했다. 가보니 그쪽도 2월 28일까지 쉰다고 했다. 조금 걷다가 무난해 보이는 술집에 들어갔다. 2차는 봉구비어에서 마셨다.

밤 아홉 시 반 무렵부터 112번 채널을 봤다. 그 채널 때문에 웃은 게 족히 닷새치는 될 것 같다.

맥모닝 시간을 놓쳐서 서브웨이에서 아침을 먹었다. 택시를 타고 학교 후문까지 갔다. 801관인가 하는 건물 3층에서 시험을 본다고 했다. 시험장에 올라갔던 Y에게서 갑자기 전화가 와서 이상하다고 생각했는데 혹시 볼펜 있냐는 거였다. 젊은 사람이 딱하게도. 없다고 대답하고 어떡하지 고민하던 차에, 마침, 왠지, 전날, 어떤 이상한 직감으로 필통을 챙겼던 게 문득 생각났다. 하여 내게 필기구가 있다는 사실에 나까지 놀라서 대답을 여러 번 했다. 있어요. 있어요! 있어요! 있다! 아르키메데스도 유레카를 이렇게 간절히 외치진 않았을 거다.

시험이 끝나기를 기다리면서 1층 계단 앞을 서성이는 동안 대학 시절 생각을 했다. 좀 좆같고 웃겼다.

안성 가는 버스를 타러 가기 전에 병원에 들렀다. 초여름에 내 자궁을 검사한 원장 선생님이 이민을 가서 이제 없다는 말을 들었다. 새 원장은 길고 검은 머리를 하나로 높이 묶어 넘긴 사람이었다. 줄무늬 히트텍을 입고 있어서 아 나도 이거 있는데 하고 속으로 생각했다. 일어나려는 내게 올해 자궁암 무료 검진 대상자니까 12월이 가기 전에 꼭 검사를 받으라고 했다. 그러겠다고 대답하고 나왔다. 1층 약국에서 이 약은 흡연자에게는 위험할 수 있다고 했다. 방금 병원에서 흡연자에게 그나마 덜 위험한 약을 여쭤보고 추천받은 게 이 약이라고 하니까 약사는 잠시 생각에 잠긴 것 같더니, 그래도 자기는 그렇게 안내를 해주는 게 의무라고 했다. 서로 머쓱하게 웃었다. 이런 일들 때문에라도 담배는 끊어야겠다는 생각을 했다. 약사는 그래도,

라고 하면서 혈전의 전조 증상에 대해서 꼿꼿이 설명했다. 열심히 고개를 끄덕이며 들었고 너무나 맨 정신이었는데 도대체 하나도 기억나지가 않는다.

착각이 영어로 뭐예요? 글쎄요. 화장을 지우고 있는데 자꾸 뒤에서 말을 걸어와서 별 고민도 하지 않고 모른다고 했다. 착각은 사랑의 지름길이다. 이 문장을 영어로 말하고 싶은 것 같았다. 웃었다. 약간 취했고 그다지 영어에 소질이 없는 사람의 말이 계속 이어졌다. 아이 러브 목화. 목화는 사랑의 지름길이기도 하지. 뭐 이런 말들. 그렇구나. 내가 아직 이 사람을 사랑한다고 한 적 없다는 생각을 했다. 그 말을 하기에 적절한 때가 언제인지를 고민

고민을 해야 하나?

세수를 하고 쌍빠 마스크 팩을 붙이고 잤다. 두어 번 깼다. 한번은 그림 꿈을 꾸었고 한번은 아이를 낳으려고 입원하는 꿈을 꿨다.

꿈에서 본 그림은 간단한 선화 일러스트였다. 단순하게 그려진 여자애가 있고, 생각구름의 꼬리가 그 애를 가리키고 있었다. 그 애가 하고 있는 생각은 대략 이러했다. '그래. 아무것도 무서워할 필요 없어.' 스크롤을 내리니까 리플이 두어 개 있었다.

리플 1: 아 이 기집애야 앞을 좀 보고 다녀;;

리플 2: 아 윗댓글 소름

그래서 스크롤을 올려 다시 일러스트를 보니 생각에 잠긴 여자애는 땅을 보며 걷고 있었고 그 앞에는 덤불이 있었는데 덤불 속에서 칼을 든 남자가 여자애를 기다리고 있었다.

다음 꿈에서 결국 아이를 낳지는 않았다. 옆자리의 다른 산모 때문에 엄청 스트레스를 받은 것이 기억난다. 그 여자는 독실한 기독교인인데 전화로 누군가에게 상담을 받고 있었다. 기본적으로 통화 상대를 가르치려는 자세였다.

"어머, 그렇게 말씀하시면 안 돼요. 아기는 아버지 소유예요. 이건 성경에도 다 나와 있어요."

제발 여기서 나가고 싶다고 생각할 즈음에 꿈에

모친이 나왔다. 모친은 배꼽이 보이는 검은옷을 입고 있었다. 그게 대체 무슨 꼴이냐고 하려다 모친이 아주 젊다는 것을 깨달았고,

모친이 그렇게 젊은데 나는? 내가 아이를 낳을 만큼 나이 들었나?

그런 생각을 하고 보니 꿈의 갈피가 점차 흐려졌다.

깨어서는 자연스레 밤에 택시에서 내리기 직전에 했던 대화가 떠올랐다. 예전에 알던 어떤 사람이 분만될 때(?)(이상한 말이네) 그의 어머니가 경북에서 강원도까지 택시를 탔는데 요금이 100만 원 나왔다는 얘기.

아침에 기어이 맥모닝을 먹었다. 주문한 지 이십 분 만엔가 왔으니 역대 최고로 신속한 배달이었다 하겠다.

간단하게 나갈 채비를 하고 친구가 알아봐준 수영장에 신규 등록을 하러 갔다. 지하철역 두 정거장, 거기에 도보 15분가량이 추가되는 길이었다. 자전거를 타면 2, 30분 걸리겠구나 싶었다.

두 시 약속에 늦을 것 같아서 큰길로 나와 택시를 탔다. 서울에서 서울로 가는 건데 중간에 광명시를 통과하는 게 엄청 기이하게 느껴졌다.

여기까지 Y가 동행했다.

희명병원 앞에서 내려 뉴연세여성병원으로 가야 한다고 했다. 횡단보도를 총총 건너 큰 병원 건물 앞까지 한달음에 뛰어갔다가 이게 아니다 싶어 다시 횡단보도 앞까지 달려갔더니 거기에 산언니가 있었다. 옷차림 보고 너인가 했는데, 나 눈이 나쁘잖아. 그런데 네가 날 지나쳐 가길래 되게 서련이 같은 사람인데 서련이 아닌가 보네, 했어. 그런데 어떻게 다시 돌아왔네. 언니가 조금 웃으며 말했다.

중국식당에 가보니 혜언니가 와 있었다. 꿔바로우도 이미 나와 있었다. 요리 두 가지를 더 주문했다. 성질이 급해서 주문을 마치고 바로 언니들에게 주려고 산 물건들을 주섬주섬 꺼냈다. 언니들도 서로에게 줄 물건들이 있다며 또 가방을 열었다. 뭐야. 크리스마스 선물 교환 같아. 아하하.

점심을 먹고는 당연하다는 듯이 카페에 갔다.

산언니가 약간 체념조, 농담조로 여기가 우리 동네에서 제일, 아니다, 유일하게 힙한 카페야. 카페는 넓고 사람이 많았다. 안쪽에 있는 별실 비슷한 곳으로 갔다. 산언니는 작업을 하고 나와 혜언니는 이야기를 나눴다.

> 서련아, 나는 늘 그런 생각을 해. 지금 쓰는 이 소설을 내가 완성하길 바라는 사람은 세상에 아무도 없다고. 세상이 원치 않는다고. 그러니까 안 좋은 일들이 자꾸 생기는 것도 무리는 아니지. 그러니까 오히려 끝까지 써야 하는 거야. 아무도 원치 않는 이 글을.

이 얘기를 할 때 혜언니가 엄청난 희열로 빛나는 얼굴을 하고 있어서 약간 눈물이 날 뻔했다. 그러니까 네 소설도. 네 소설이 완성되는 게 세상에서 제일 두려운 일인 존재들이 있는 거야.

그런 존재들.

그런 존재들을 이기는 거란 말이죠. 글을 끝까지 쓴다는 건.

그런 대화를 했다. 절대로 이 대화를 잊지 말아야지. 꼭 일기에 써야지. 영원히 기억해야지.

기뻐서 약간 돌아버릴 것 같은 기분이 들었다.

카페에서 내가 주문한 건 아이스크림을 추가한 브라우니였는데, 잠시 후에 밝혀진바 점원분이 아이스크림을 깜빡하고 브라우니만 주신 모양이라 곧 아이스크림과 서비스 쿠키가 왔다(생각난 김에 일기를 쓰면서 먹고 있다).

저녁은 오리로스 식당에서 들깨감자옹심이와 제육볶음을 먹었다. 들깨 가루로 되직해진 국물, 뭐 그런 걸 별로 안 좋아해서 글쎄 하는 느낌 반 산언니의 미각을 믿는 마음 반으로 따라간 거였는데, 진짜 너무 존나 맛있어서 깜짝 놀랐다. 혜언니는 결국 그걸 2인분 포장해 갔다.

집에 와서는 식곤증으로 거의 바로 잠들었다. 자고 일어났을 즈음에 루미(룸메이트라는 말을 요새는 '루미'라고 줄여서 쓰는 모양이다)와 루미의 친구분이 와서 맥주를 마시기 시작했다. 혜언니가 만들어준 레몬청에 스프라이트를 타 가지고 루미 방으로 가 잠깐 함께 놀았다. 내 방으로 돌아와서는 Y에게 전화를 걸었다. 뭘 하고 있냐고 하니 일기를 쓴다고 했다. 원래 일기를 쓰나요? 아니요, 써보려고요. 통화가 끝난 다음에 또 거의 바로 잠들었다.

주문한 지 열흘쯤 된 책장이 드디어 왔다. 냉장고 앞에 쌓아뒀던 만화책과 임시방편으로 루미 방에 갖다 놓았던 알라딘 택배상자 속 책들을 마침내 다 정리했다. 그러고도 공간이 좀 남아서 원래 방에 있던 책들도 주섬주섬 옮겼다. 오늘 H는 건강검진을 받았다고 한다. 내시경을 받고 수면마취에서 막 깨어난 H는 나에게 이런 메시지를 보냈다. "려나구넌냐사장하ㅏㄹㅇ" 아마도 서련아 수면 내시경 해라, 라는 말을 하려던 것으로 생각된다. 나는 지금까지 네 번 정도 내시경을 받았는데 한 번도 수면 마취를 해본 적이 없다. 딱히 자랑거리가 아닌 것을 알지만 자랑으로 삼고 있다.

나도 사랑해

2017년 12월 31일

그건 과학적으로 불가능한 말이라는 생각.

'~라는 생각'이라는 문형.

그건 기적의 다른 말이다. 그런 일로 놀라는 건 아주 작아지는 일이다. 아주 작아져도 좋다는 생각이 든 이상은 이전으로 돌아갈 수 없다. 나는 망했다.

예후

2018년 1월 5일

임시 저장으로는 일기를 쓰지 않는다.
임시 저장 문서를 완성해본 기억이 별로 없다. 곡물창고 임시 저장 글을 어떻게 처치해야 좋을지 모르겠다. 자연스럽게 떠오를 때까지 기다려야 하는데 자연스러움, 잠깐만 그 자연스러움이라는 게 대체 뭐지, 조금이라도 훈련된 것은 자연스러움을 가장하는 것이 된다. 자연스러움이란 사실은 대부분, 자연스럽게 보이도록 연출됨, 이라는 뜻이 아니냐고.

후크 선장이 피터팬을 미워하는 이유가 거의 이 맥락에 닿아 있지 않은가 하는 생각이다—기품이란

꾸며낸 태도에서 나와서는 안 되고 '자연스럽게' 우러나와야 진정 기품이라고 할 수 있는데, 피터는 그게 되고 자기는 이튼스쿨을 나와서(기품 훈련을 존나 받았기 때문에) 안 된다 이거다……. 요약하면 시기심이지만(어른이 애한테 말입니다~) 그렇게 단순하게 일축할 수 있는 문제는 아닌 것 같다는 생각을 한 10년째 하고 있다.

와! 나 서른이네.

새해 되고 근데요, 저는 서른인데요, 뭐 이런 말을 수백 번쯤 했다. 청자는 주로 Y였다. 서른인 걸 엄청 의식하는 것처럼 보인다고 했는데 실로 그러한지, 아니 생각보단 아닌데 아주 아닌 건 또 아닌 것 같기도 하다. 말장난이 아니고 이런 애매한 기분이라는 것이다: 중고등학교 입학할 때의 기분과 대략적으로는 비슷한 것 같다. 막 엄청 이걸로 호들갑 떨고 싶진 않은데 속으로 전혀 동요감이 없냐 하면 그거는 아닌 것 같은.

근데 뭐랄까, 졸업 입학이 딱 이어질 때 졸업으로 인한 애상감보다는 입학으로 인한 들뜸이 더 우세하지 않나. 지금이 그렇다는 얘기다, 어떤 매처리티 같은 것에 입문하는 기분이 든다. 거 뭐 숫자 쪼금 바뀌고 누적 생존 일수가 좀 늘어난다고 해서 어제는 애새끼였던 게 오늘은 급어른 되는 게 아니겠지만…….

일주일에 사흘씩 사촌언니 사무실에 출근하기로 했다. 이번이 그 첫째 주이고 오늘이 사흘째. 매일 업무일지를 작성하고 있다. 업무일지만 읽어보면 총체적으로 노잼인 일처럼 보이겠지만 묘한 재미가 있다. 가령 'cerebral(뇌의, 대뇌의)' 같은 의학용어를 새로 배웠다. 이런 것이 일의 핵심은 아니지만 어제 하루만도 'cerebral'이라는 말을 128회 정도 타이핑했기 때문에…….

아니 그렇잖아, 사무직의 주무는 스테이플러 심 빼기나 자 대고 칼질하기 같은 게 아니지만 하다 보면 그런 잡스킬이 늘잖아.

어제는 조금 일찍 퇴근해서 수영장에도 갔다. 수영은 두 번 나갔다. 화요일, 목요일. 새로 등록한 수영장 수질이 아주 좋다. 전에 다니던 곳에는 사우나가 있어서 좋았는데 새 수영장도 그다지 나쁘지 않다. 친구는 첫날 동행한 뒤 아프고 바빠서 목요일 수업을 듣지 못했다. 밤에 같이 담배를 피우면서 오늘 뭐 했어요, 묻길래 키판 잡고 발차기를 배웠다고 했다. 안 뜨는 사람은 어떡해? 하고 걱정스러운 표정을 짓는 친구를 보는 게 좋았다.

날 고용한 사람이 사촌언니라 이쪽 일을 할 때마다 조카, 즉 언니 아들을 가끔 보게 되는데 출근 첫날에도 걔와 같이 밥을 먹었다. 다음 날 언니가 전하길 걔가 서련 이모는 역시 쓰는 어휘가 고급스럽다고 했다고 한다. 전날 나는 돌연 "요새도 소설 쓰세요?"라는 질문을 받아서 다소 당황한 참이었다("써야지?"라고 대답한 기억이다).

일기에 쓸 만한 일이 많았는데 12월 마지막 한 주간 일기 쓰기를 최대한 게을리했더니 별생각이 나지 않는다. 교환 일기를 쓰기로 했고 문학은 거의 하지 않았다. 앤솔러지 2교 원고를 넘기고 마음이 심하게 편해져서 놀기가 수월했다.

할 일은 많다. 지난해 받은 지원금 관련 서류를 정리하고 원천세 납부를 하고 서울문화재단 창작지원금도 챙겨야 한다(생각난 김에 방금 전화 문의를 넣었고 첫 책 말고 창작집으로 지원하라는 답변을 들었다). 쓰고 보니 데드라인 역순이네? 스트레스 순으로 정렬하고 보니 그만.

관계피로 생각을 하고 있다. 관계피로는 어디서 들은 건 아니고 한 2011년쯤 처음 일기에 썼던 개념.
만났을 때 관계피로 발생을 상쇄할 만큼 이득이 있는(재미와 행복감 등의 심리적 이득) 관계들에 대해 생각했다.

성탄절에는 〈희극지왕〉을, 신년 전야에는 〈서유쌍기〉를 봤다. 아닌가, 신년 새벽이었나? 〈녹정기〉는 그렇게까지 재밌진 않다고 Y가 그랬다.

작년에 극장에서 본 마지막 영화는 〈페터슨〉이다.

다다음 주부턴 다시 시 스터디를 하게 될 것 같다.

전조가 있었으면 예후도 있어야지. 뭐 그런 생각.

예후가 있으려면 증상과 처치가 있었어야지.
딱히 없었다고 하더라도 사후적인 의미 부여는
얼마든 가능하다. 이 모든 것이 호르몬의 농간이라고
하더라도 그렇다.

웰빙

2018년 1월 11일

문득 모친하고 통화한 지 오래됐다는 생각이 들어 어제는 모친에게 전화를 걸었다. 받지 않았다. 조금 뒤에 모친이 전화했었니? 하며 아무렇지 않은 목소리로(그런 목소리는 주로 등산 중이거나 등산 직후에 난다) 다시 전화를 걸어왔다. 나 언니랑 다시 일한다고, 엄마 알고 있었냐고 하니까 모친은 엉뚱한 말을 했다. 서련아, 너 이름을 바꿔야 한대. 왜? 엄마가 어디서 봤는데 이름을 바꿔야 잘 산대. 빛을 본대.

잘 모르겠다. 그런 일투성이다.

또 시작이니

2018년 4월 3일

이런 봄의 일이었다. 쌍문역에서 번호가 기억나지 않는 버스를 타고 병원에서 내렸다. 병원으로 가는 길은 천변이었고 쭉 뻗은 천변 도로를 감싸고 벚나무들이 미친 개망발들을 떨고 있었다. 존나 봄이었고 존나 눈물겨운 풍경이었다. 지금도 4월 2일이, 6일이, 9일이 각각 누구의 생일인지 기억나고, 2일과 6일 사이였는지 6일과 9일 사이였는지 잘 생각이 안 난다. '그 친구'가 죽은 게.

나는 사람들이 죽음에 중독된다고 믿고 있다.

가까운 또래의 죽음에 대하여 특히 그렇다. 주어를 바꿔야 할 것 같다, 사람들이—죽음에—중독되는 것이 아니고 죽음이—사람들을—빨아들이는 것이라고. 나는 '그 친구'의 죽음에 대해서 사람들이 말하는 방식이 마음에 들지 않았다. 싸이월드에서 그 애가 올린 사진들과 노래 가사들을 스크랩하고, 그 애와 자기가 어떤 이야기들을 나누었는지 털어놓고.

거기에 내가 동참하지 않았던가? 동참하지 않은 건 아니었던 것 같다. 한마디도 얹지 못하면 밀리는 것 같다는 생각을 했다. 무엇에? 어떻게 밀리는 거지? 그런 생각까지는 하지 않은 채로 그저 그

경쟁

그래, 경쟁이라고 해야 할 것 같다. 그 경쟁에서 밀려나지 않으려는 최소한의 운동을 했다.

가령 나는 3월 마지막 주였나 4월 첫째 주였나, 아마도 기억하기로는 4월 2일? 일요일 늦은 밤과

월요일 새벽 사이였던 것 같다. 고시원에 혼자 누워 있다가 '그 친구'가 잘 지내냐고 문자로 물어봐서 난 아무래도 행복해질 수 없을 것 같고 여기 간신히 숨어 있는 것 같다는, 뭐 그런, 너절한, (여전히 그렇다는 게 무서운) 말을 했다.

'그 친구'는 이렇게 답장했다:

숨어 있는 것이 아니라
좋은 곳으로 가기 위해
지나가는 것이겠지
새벽의 울음만큼
좋은 수면제는 없더라
외롭지 말아
(80byte 딱 떨어질 거다, 아마)

그러는 '그 친구'는 그 얼마 전에 애인과 헤어진 상태였고 나중에 들은 바론 애인에게 다시 시작하자는 말을 했던 것 같다. 내게 문자를 보낸 바로 그즈음에.

나는 가끔 '그 친구'가 되고 싶었고 '그 친구'는 아마도 나의 어떤 면이 되고 싶었을 거다. 가령 대학생. 대학생이라는 면. 빈소 앞에서 담배를 피울 때에(언제라고 해야 할까, 사실 조문 갔을 때 거의 내내 담배를 피우고 있었다) 문득 지금은 소설가가 된 어떤 언니가 울음을 터뜨리면서 그랬다. 한예종 간다고 했잖아. 올해 갈 거라고 했잖아.

맞팔 중이던 트위터 친구 하나가 스스로 목숨을 끊은 모양이다.

그럴 것 같은 생각이, 불길한 마음이 계속 들긴 했다. 하지만 많은 경우 이런 예감은 노파심이었고 내가 사람을 사랑하는 방식이기도 했으며('어느 날 갑자기 당신을 잃을까 봐 두려워요') 나 당신 걱정된다고 말하기에는 그렇게 가까운 사이가 아니어서 망설이는 사이에……

어차피 내 말 같은 건 아무 의미도 없었겠지만

아무튼 그 사람은 이제 없다(라고 쓰고 나서 숨이 갑자기 막혀서 오랫동안 쉬었다). 이 맥락에서 '그 친구'를 떠올리는 건 '그 친구'한테도 그 사람한테도 무례한 일이 될 것 같지만 함께 떠오르는 것을 막을 길이 없다. 점심을 먹고 만개한 꽃나무들이 가득한 언덕을 오르는 동안에, 지금 내가 마땅히 지어야 할 태연한 얼굴을 구상하면서 그것을 재현하려고 노력하면서 두 사람을 함께 떠올렸다.

욕망 때문에 머리가 좀 이상해진 여자아이

라는 건 사실은 엄청나게 윤리적인 존재들만이 상상할 수 있는 사고실험 같은 거라고 생각된다.

나는 고인이 정말로 나와 닮았다고 느낀다.

오늘은 내가 2주 만에 다시 출근한 날이다. 마침 화요일이네. 2주 전 화요일 새벽 갑작스러운 복통과 요통으로 응급실 신세를 졌다. 절대안정이 필요하다고, 소설도 가능하면 쓰지 말라고 신장센터에서 그랬는데 일단 소설도 다 썼고 검사 결과 염증도 이제 거의 없어졌다고 한다.

내가 애인을 정서적으로 학대하고 있다고 느낀다. 나 자신을 대하는 방식과 같다. 당연히 그걸 그만두고 싶지만 그러려면 관계도 그만둬야만 해 하고 나를 부추기는 나쁜 목소리가 있다. 선한 마음이 하는 나쁜 말이라고 생각돼 그래 그러자 모든 것을 망치자 그런 다음 나도 죽어버릴래 그러면 되잖아 그렇지? 하는.

한 사흘인가 나흘 되었다. 눕기만 하면 귀에서 맥 노는 소리가 들리게 된 지가……. 조금 빠르고 조금 시끄럽다. 존나 씨발 개씨발 너무너무 외롭다.

완전히 글러먹은 아가씨 まるでだめな乙女

2018년 5월 2일

사무실 이사가 끝났다. 주 3일 출근을 원칙으로 일하고 있었는데 지난주에는 월수목금일 출근했다. 일요일 다음 날인 월요일도 출근했다. 그날이 이삿날이었기 때문. 당연히 존나 힘들었고 언니-대표님이 내심 이사 다음 날(5/1)도 출근해주길 바라는 것 같아서 난 못한다고 선수를 쳤다. 그랬더니 언니는 혼자 출근해서 아홉 시 삼십 분까지 일했다는 모양이다. 아이고 언니 노동절인데요, 하고 메시지를 보내니 언니는 그래서 노동을 열심히 했지, 라고 했다.

월초에 혜언니를 만나서 다음 월말까지 단편을 하나 쓰고 서로 보여주기로 약속했다. 합평으로 이어질지는 잘 모르겠다. 그건 내 자신감의 문제다. 그저께까지 대체 뭘 쓰지 끙끙 앓다가 쓸 만한 것을 두 가지 정도 생각해낸 게 어제 일이다.

앤솔러지 책이 나왔다. 여기저기 보냈다. 구 룸메이트에게서 메일을 받았다. '행복한 좀비' 이야기가 짧게 언급되어 있었다. 구 룸메이트와 내가 친밀하던 시절의 마이크로컬처.

북 콘서트를 한다는데 지난가을에 했을 때도 그렇고 작가를 이렇게나 많이 데리고 두 시간 동안 뭘…… 어떻게…… 라는 생각이…….

카세트테이프를 다시 취미의 영역으로 가져오기로 생각한 것은 벌써 꽤 된 일이다. 당신과 내가 좋아하는 노래들을 믹스 테이프로 엮어 선물하고 싶다는 생각을 했다. 마침 어반아웃피터스에서 클리어 카세트플레이어가 나와서 한동안 아이돌 팬들 사이에서 재미를 좀 봤던 모양이고(샤이니 5집인가가 카세트테이프로도 발매되었다나) 그게 예쁘길래 해외 직구로 클리어 카세트플레이어를 두 개 주문했다. 클리어는 애인을 위해 핑크는 나를 위해. 핑크 클리어 카세트플레이어는 어반아웃피터스 홈페이지에서 품절로 표시되고 있었고 스프링이라는 다른 온라인 편집숍 같은 곳에서 보니 재고도 있고 할인도 해주고 아무튼 여러모로 이득이라 여기서 주문했는데, 트래킹 넘버를 잘못 알려줘서 거의 한 달간 스프링 고객센터와 배송대행 사이트 사이를 와리가리하며 끙끙 앓았다.

그런데 이건 예쁘기만 했지 녹음 기능은 없고 하여간 엉망진창이다. 그래서 녹음 기능이 있는 인도어용 좀 더 큰 카세트플레이어를 골라보려다가 뭘 샀냐면

바비의 '함께 노래해요' 가라오케 머신(Cassette Player includes microphone).

결국 믹스테이프 하나를 만드는 데에 대략 석

달의 시간을 비롯하여 다량의 자원을 갈아 넣었다는 얘기다. 실은 이것도 이미 몇 주 된 얘기고 눈앞에 놓인 바비 가라오케 머신을 보면서 허허 녀석 정말 이상한 물건을 샀구나 하고 자조하는 중이고…….

애인이 이걸로는 충분히 기뻐하지 않을까 봐 패닉의 1, 2, 3집도 구해서 선물했다. 4집부터는 CD만 발매된 모양이다.

더 뭘 쓰면 좋지? 이 일기의 제목을 구상해냈을 땐 되게 재밌는 일기를 쓸 자신이 있었다.

2018년 7월 26일

대형마트에서 내가 제일 좋아하는 구역은 완구 코너. 애인의 선호는 가전기기 코너. 홈플러스 합정점은 완구 코너와 하이마트 사이가 그다지 멀지 않다. 어제는 저녁을 푸드코트에서 먹고 그 두 지점 사이를 왔다 갔다 하다가 생크림 모카번 한 봉지, 맥주 네 캔을 샀다. 아, 그러고 보니 우리 모카번 안 먹었다. 염리동 을밀대에서 점심을 먹고 돌아와 카페에 앉아서 이 일기를 쓰다 말고 애인에게 말했더니 나는 어제 자기 자는 사이에 하나 먹었어, 애인이 그랬다. 그럼 남은 모카번은 아마도 네 개.

저녁으로 그걸 먹을까? 그러길래 아니라고 했다.

집 근처에 새 코인 빨래방이 생겼다. 상호는 '화이트365'. 애인이 안성에서 들고 온 묵은 빨래와 내 옷가지를 합쳐 들고 나가서 세탁을 하고 서교밥집에서 밥을 먹었다. 낮잠을 자고 저녁에 가로수길 애플스토어에 가서 맥북을 샀다. 쓰던 것은 포맷해서 애인에게 줬다. 새 컴퓨터에 기존 데이터를 마이그레이션하는 과정에서—이 컴퓨터의 아이튠즈가 더 구형이라 아이튠즈 보관함은 복원이 안 된다는 메시지가 떠서 기분이 나빠졌다. 그날은 내내 콧등에 진땀이 송글송글 맺힌 채로 보냈다. 애인은 내내 기분이 좋아 보였고 아이클라우드 계정을 막 만든, 말하자면 초보 앱등이(웃음)인 그에게 이 오류를 설명할 자신이랄지 기운이랄지, 가 영 나지 않아서 아무것도 아냐 하고 말았다.

쓰던 맥북에 새로 OS를 설치하는 동안에 극장에 가서 〈인크레더블2〉를 봤다. 본편 시작 전 픽사 신인 감독의 단편 애니메이션이 나왔는데 내내 으 이상해, 하고 생각하다가 주인공이 만두를 답싹 입에 문

순간 격렬한 복통을 느껴 결국 밖으로 나갔다. 체감 2킬로그램은 잃은 것 같은 기분이 되어 내 자리로 돌아왔을 땐 본편 오프닝 시퀀스가 끝나가고 있었다. 영화 중간에 애인이 사분의 일쯤 남은 팝콘 통을 엎었다. 캐러멜 팝콘을 바삭바삭 밟으면서 나왔다.

이번 주 월요일은 방학 특집 시 스터디가 2회차에 들어선 날이었다. 그러고 보니 애인과 나 모두 극장이 나오는 시를 써 왔네, 지금 생각하니 그렇다. 점심을 못 먹고 나와서 애인이 서브웨이 샌드위치와 샐러드를 사서 스터디 장소인 카페 홈즈로 따라오기로 하고 다른 친구와 내가 먼저 그리로 갔는데, 일요일이 아닌데도 문이 닫혀 있었다. 혼비백산해서 지난겨울 단 한 번 가봤던 망원역 인근 스터디 카페로 장소 변경 공지를 올리고 시장을 가로질러 가다가 웬 남자한테 잡혀 수박 모자이크병에 관한 인터뷰를 '당했다'.

(사진을 보여주며) 이런 무늬가 있는 수박을 보신 적이 있나요? 아마 인터넷에서 본 것 같네요…….

이런 수박을 먹고 탈이 난 사례를 주변에서 본 적 있으신가요? 글쎄요, 아무래도 9할이 물이니까 많이 먹으면 탈이 날 테고 많이 먹어서 탈났다는 얘기 말곤 딱히……. 그러니까, 이런 수박을 먹으면 병에 걸리지 않을까요? 걱정되지 않으세요?(그때 나는 이번 여름, 수박을 초복 날 닭요릿집 후식으로 먹은 기억밖에 없다는 점을 떠올리고 있었다.) 뭐, 맛만 있으면 그만이 아닐까요…….

대답은 그럭저럭한 것 같지만 역시 난처해서 동행에게 도움을 구하느라 이따금 그쪽을 쳐다보았는데, 친구는 웃기만 하고 아무 말도 하지 않았다. 애인도 서브웨이에서 올라카페로 가는 길에 인터뷰이를 구하는 그 남자를 봤다고 한다.

스터디는 재미있고 유익했다. 끝나고 나서 시장 앞에서 닭갈비를 먹었다. 친구랑 애인이랑 한 팀이 되어 〈오버워치〉랑 〈리그 오브 레전드〉를 했다. 〈롤〉은 두 판 정도 AI대전을 돌려보고 자신감을 얻어 일반전에도 끼어보았는데 어이없는 욕을 한 사발 먹고 그만두었다. 그러니까 이런 게 싫으시다는 거지요? ……뭐 이런 식으로 친구가 물어왔는데(전에도 롤은 팀플레이에서 정신

소모가 너무 심해서 하기 싫다는 얘기를 했었다) 정확히는 내가 못한 걸 알고 있기 때문에 그런 욕을 먹어도 싸다고 생각하게 되는 점이 싫다고 말했다.

토요일에는 애인이 없었다. 금요일 저녁부터 그랬다.

18일 수요일은 시상식이었다. 점심식사 겸 기자 간담회가 있었다. 아홉 시에 일어나 급하게 화장을 하고 예약해둔 경희궁 쪽 미용실에 가서 드라이를 받았다. 아이유 사진을 보여줬는데 미용사분이 웃지 않아서 좋았다. 머리 모양을 유지하려면 절대로 "더웠다 추웠다 하지 말"기를 당부받았는데 이 날씨에 그게 가능한 얘기인가? 생각하며 알았다고만 했다.

기자 간담회에서 나온 얘기는 거의 모든 것이 기사화되었다. 끝나고 나서 출판사 쪽 분들이 박수쳐주고 작가님 말씀 너무 잘하신다고 추어주어서 안심했다. 기자들이 그렇게 크게 웃는 경우는 드물다고……. 그보다도 기억에 남는 건 사실 내가 다섯 살에 만화책을 보다가 한글을 뗀 얘기에 육아휴직을 막 마친 기자분이 흥미를 보인 것.

시상식 전까지 신문사 앞 카페에서 시간을 죽이다가(그새 기사가 속속 뜨는 것을 신기해하기도) 식장으로 이동했다.

뒤풀이 1차에서 한 분께 만년필 선물을 전달했다. 2015년 신인 작가 인큐베이팅 프로그램 대본 구성 일을 처음 시작했을 때 첫 인터뷰를 했던, 당시 3년차……인가 4년차 신인이었던 소설가분이 행사 당일 만년필을 잃어버리셨다. 그때 내가 저거 꼭 다시 사드려야지 생각했는데 또 3년이나 지나서야 그렇게 되었다. 그다음 날 그 작가분께서 공짜로 받을 수 없다며 내게 스타벅스 기프티콘을 보내주셨다.

뒤풀이 2차에서, 축사를 맡기도 한 선생님께서 계약 관련 몇 가지 당부의 말씀을 해주셨다. 그러고 나서 젊은이들 자리를 조금 돌다가 내 쪽 자리로 오셔서 〈인터내셔널가〉를 부르자고 하셨다. 식당 밖으로 나가서 웃고 떠들면서 〈인터내셔널가〉를 불렀다.

꽃다발 선물을 엄청나게 받았고 난생처음 꽃 모양 케이크를 보았다. 케이크를 사 온 J님은 그

케이크를 구하러 한강진역까지 다녀오다 시상식에 늦어 수상 소감도 제대로 못 보았다고 했다.

뒤풀이 2차 중간까지 꽉 죄는 보정 속옷과 조금 작은—세컨핸즈로 샀지만 내가 갖고 있는 옷 중에서 제일 고급스러운—드레스를 입고 새 브래지어를 하고 컬러렌즈를 끼고 힐을 신고 있었다. 애인이 집에서 챙겨다 준 편한 옷으로 갈아입고, 역시 애인이 근처 편의점에서 렌즈 보존액과 렌즈 통을 사 와서 안경으로 갈아 끼고 삼선 슬리퍼를 신었다.

옷을 갈아입고 나니 긴장이 급격하게 풀렸고 술도 급하게 담배도 급하게, 많이 마시고 많이 피웠다.

많이들 취하고 또 많이들 귀가해서 자리가 자동으로 파해갈 즈음에 애인도 기절하듯 방전되듯 동작을 멈추었다. 종일 내 뒤를 봐주느라 고생이 많았다고 다들 그랬다.

그 자리 끝나고 나서 H가 자기네 집으로 가자고 했었다. 선형이도 누나 다음 예정 있냐고, 동네 비슷한 우리끼리 가서 좀 더 마실까 물어왔는데 애인을 데리고 택시에 타고 나서야 그 제안들에 다

제대로 대답을 못했다는 게 생각났다. 제주 여행 갔다가 면세점에서 사 온 잭다니엘 파이어는 개봉도 못하고 고스란히 집으로 돌아가게 되었고 그걸 끙끙 들고 온 애인도 택시 안에서 잠이 들었고, 뭔가 못내 안쓰럽고 허전한 마음이 들어 내가 지금 잘하고 있는 게 맞나 하는 이상한 심정이 되었다……. 몇몇은 H네 집에 가서 보드게임을 하면서 차분하니 좋은 시간을 보냈던 모양이다. 애인은 거기 가지 못하게 된 걸 아쉬워하며 나라도 가라고 했는데 그러지 못했다.

H는 내 시상식에 오려고 휴가를 냈다. 이렇게 말하면 너무 건방진가?

시상식 다음 날 H네 집에서 친구들을 다시 만나 〈딕싯〉과 〈렉시오〉를 했다. 나와 애인을 뺀 나머지는 그날 아침까지도 〈딕싯〉을 했다고, 엄청나게 재미있었다고 했다. 빨간모자 피자를 시켜 먹었다. 버니니와 레몬주를 마셨다.

6월 말에 제주 여행을 다녀왔다.

안됐다

2019년 9월 2일

집안 꼴이 한동안 난장판이었다. 언제부터였는가 하면 클레이로 마카롱을 만든다고 난리를 쳤을 때—그러니까 여름이 시작될 무렵—쯤부터? 계기는 그게 맞는데 정확히 언제였는지를 모르겠다. 필링 역할을 하는 데코 클레이가 마르는 데에는 며칠 걸린다 하니 만지지 말고 그대로 두라고 애인에게 신신당부를 하고, 며칠이 다 뭐람, 작업대 삼아 펼쳐뒀던 좌식 테이블을 접지 않고 두어 달 흘려보냈던 것이다. 그 전후 언젠가에 지리산에 다녀왔고, 그런 뒤에 애인을 데리고 군산에 다녀왔고,

또 부산에도 가고…… 이번 여름 바빴구나.

이래서 일기를 써야 하는 거지.

지난 수요일 밤에 새 소설 '작가의 말'을 썼다. 별로 하고 싶은, 할 만한 이야기가 없어서 끙끙대다가 꿈 얘기나 쓸까 싶었고, 작가의 말에 쓰려던 그 꿈에 대해 일기에도 쓴 적이 있다는 걸 기억해냈다. 짤막한 글을 쓰고 나서 재작년 일기를 뒤적거렸다.

(나 말고 다른 독자에게는 이 문단 몇 문장의 연결이 부자연스러워 보이겠지? 이렇게 생각하면 조금 재미가 있다…….)

내 이름만이 실린 책을 처음으로 시중에 내놓고(엄밀히 말하면 사실, 학생 때 쓴 단편을 모아 내놓은 책이 있긴 한데 POD도서고 전국적으로 열 권 미만 팔린 것 같아서 '시중'에 내놨다 하기 어렵다)(더불어 그 책으로는 레지던시 입소나 창작 활동 증명을 할 수도 없었다)—1년이 흘렀다. 의도한 바는 아니지만 일기를 쓰지 않은 기간이 첫 책과 두 번째 책의 간격과 거-의 일치하는 셈이다. 그사이에 첫 책은 대략 만 부 정도가 나갔고(겨울에서 초봄 사이 진심으로 화를 내며 생각했다. UBD라는 단위는 문학에선 거의 천문학적 수준이 아닌가?라는 점을)("10쇄 작가" 같은 수식어를 보면서도 묘한 질투심에 사로잡히기도 했다. 내 책은 1쇄가 5천 부였기 때문에) 영상화 판권이 팔렸으며 오디오북 제작 지원금을 받아 녹음을 시작했고…….

두 번째 책은 대략 12월부터 쓰기 시작했던가? 소설가를 위한 호텔 레지던시 프로그램 지원을 받았고 창작기금 지원사업에서 탈락했다.

쓰다 보니 소설가 커리어…… 지난 1년 사이의 소설-비즈니스 커리어 같은 것을 되새김질하는 느낌이 되었는데

아무튼 마저 쓰자면 도서관 상주작가 지원 사업에서도 탈락했다. 최근 일이다.

마침 어제 오전에 애인이 '그런데 이제 당신은 어딜 가도 명실공히 소설가라 할 만한 이력을 갖추지 않았나?' 하는 요지의 질문을 했다. 문학 하는 친구들 대부분은 그렇게 생각하고 있는 것 같다. 나는 그게

그리 실감나지 않는다. 가령 여름 동안 대략 30군데 가까이 이력서를 돌렸는데 이렇다 할 피드백을 받지 못했다. 실제로 면접을 보러 오라 한 곳이 단 한 군데 있었는데 거긴 딱히 소설가를 필요로 하지도 않았고 4대보험 없이 180만 원에 주 6일을 일해주길 바라는 곳이었다.

생활은 이따금 들어오는 강연 요청 등의 수익으로 어찌어찌 감당하고 있다. 강연 많이 들어오죠?라는 질문을 종종 듣는데 과연 생각보다는 많고 생활을 윤택하게 할 만큼 많지는 않다. 올해가 임시정부 수립 100주년…… 아마 그 덕을 보는 것 같은데, 그 바람에 팔자에도 없는 애국시민 노릇을 하게 된다.

처음 몇 번은 입구에서 우물쭈물하다가 객석으로 안내를 받곤 했다. 그러면 피차 민망해진다는 걸 알게 된 후로는 아예 당당하게 연단(또는 그에 준하는 위치) 쪽으로 걸어가거나 하는데 별로 효과는 없다: "혹시 작가님이세요? 너무 어려 보이셔서 작가님인 줄 몰랐어요……." 대체 소설가처럼 보이려면 어떻게 해야 하지? 담배를 더 많이 피워야 하나? 그런 생각……. 아무리 생각해도 서른한 살이면 한국 기준 '젊은 작가'일 순 있어도 '천재 소녀' 같은 것은 될 수 없는데 내가 무슨 말을 해도 기특하다는 듯, 갸륵하다는 듯…… 대체 왜?

떠오르는 대로 일단 주절주절 쓰긴 했는데…… 요약하면, 툭하면 거절당하고 툭하면 실격당하면서 패배감이 누적되어 오히려 공명심과 자격지심과 패배감의 누더기가 된 상태라는 것이다.

청소년 독서캠프의 멘토로 초청되어 지리산에 갔을 때 그 역시 멘토였던 물리학자/교수님한테서 이런 말을 들었다. "와, 이 캠프의 유일한 전업 작가시네요." 뭐라고요?

그 말을 들었을 때 나는 역시 전업 작가가 아니라는 사실이 갑자기 깨달아'졌'다. 당신은 교수고, 저 사람은 의사고, 또 저 사람은 유튜버니까, 책만 쓰고 있는 사람은, 그러니까 수입원이 없는 사람은 나 하나뿐이라는 걸 깨닫게 해주셨군요……. 나는 책만 쓰며 살고 있는 게 아니라 다른 모든 일로부터 거절당한 것이라는 사실을 되새기게 해주셨어요.

몇 주 전에 산언니를 만나 이 이야기를 했더니 산언니가 그건 새 책 나오기 한 달 전의 당연한 상태라고 했다(덧붙여 그 교수는 내 위치를 조금이라도 추어주고 싶어서 그렇게 말한 것이리라는 말도……. 물론 나도 의도는 그럴 거라 짐작하지만…… 꼬인 건 내 쪽이라는 것을 말할 나위 없이 확실하게 알고는 있지만).

언니에게서 얻은 위로와는 별개로, 작은 거절에도 크게 우는 사람이 됐다. 요새는 그렇다.

두 번째 장편소설을 쓰는 동안에 연예인에 의한 약물 강간 사건이 일어났다. 일어났다기보다…… 밝혀졌다. 당연히 그건 내 의도…… 어떤 서사의 작의하고는 아무 상관이 없는…… 일이다. 편집자님들은 "시의성이 있다"는 식으로 말해주었지만 그러면…… 그게 마치, 내 책을 위해 마침 일어난 일처럼 느껴지지 않나…… 하는 생각이 들었다. 위험한 사고방식이지만 한번 든 생각은 떨치기 어렵다.

첫 소설 때는 이런 일이 있었다. 평양의 여성

노동자를 주인공 삼은 글을 투고하고 심사를 기다리는 동안에 남북 정상의 회동이 있었고 발간 한 달쯤 지나서는 대통령이 소설 주인공 이름을 생방송에서 불러주었다.

다음 장편은 몇 년 전에 준비하던 원고를 고치고 있는 것인데, 최근 텔레비전에서 "저주에 가까운 영생을 누리는 서울의 호텔 경영인"이 주인공인 드라마가 나왔다고 한다. 매우 축약했을 경우의 얘기지만 소재가 아무래도 가깝게 보일 것 같다.

몇 년 전부터 태권브이를 소재로 장편을 기획하고 있었고 지난 늦겨울쯤 어떤 출판사와 미팅을 하면서도 언급한 바가 있다. 전고 21미터의 1:1 스케일 태권브이를 실제로 만드는 프로젝트에 대해서 쓰고 싶다고……. 그런데 얼마 전 트위터에서 전고 40미터 이상의 태권브이 구조물을 만든다는 이야기를 봤다.

나도 내가 과대망상을 하고 있다고 생각하지만(적어도 누군가 내 사고회로에 접속하고 있다는 망상은 아니다), 생각은 하지만, 그래도…… 그래도 이상하다. 내 일기에서만큼은 이런 일들을 마음껏 이상하게 여겨도 되겠지. 일기 말고는 내 편이 없다는 생각을 한다. 지나고 보면 더 그럴 것이다.

재밌는 얘기 좀 해줘

2019년 9월 6일

H가 일기 좀 쓰라 해서 마지못해 쓴다.

화요일에 L언니를 오랜만에 만났다. D씨의 집에서 보드게임을 했다.

첫 책 오디오북 녹음 마지막 날이기도 했다. 수정 녹음 시간이 한 번 더 잡혀 있긴 한데 그건 성우분만 모시고 한다고 하니 나나 출판사 분들은 그날이 스튜디오를 방문할 마지막 기회였다. 녹음실은 상암 누리꿈스퀘어 비즈니스타워 3층에 있었는데, 나는 2012년경 같은 건물 R&D 타워에서 1년 정도 일을 했다. 그때 한창 좋아하던 빵집이 여전히 있길래 스튜디오 가는 날마다 그 집에서 빵을 사 먹었다.

그러니까…… 녹음 끝나고 D씨네 집에 가서 D씨와 L언니와 H를 만나기로 되어 있어서 혹시나 출판사 분들이 끝나고 저녁 먹자고 하면 어쩌지 전전긍긍하고 있었는데, 마침 팀장님이 "작가님, 오늘은 저녁 대신 빵을 사드릴게요"라고 하셨다. 내가 먹을 빵과 모두 함께 먹을 빵을 다 골랐더니 한 2만 원어치쯤 됐다. 김영란법에는 저촉되지 않겠지만 염치는 좀 없는 느낌이어서 제가 사겠다고 카드 꺼내들고 설쳤는데 그냥 제스처라고 생각하신 것 같았다(절대로 그렇지 않았지만)(이런 상황에서 내 진심 같은 게 무슨 상관이 있겠는가?).

문학편집팀 신입 직원분이 새 소설 주인공하고 동명이다. 그분이 마지막 녹음 끝나고 인스타에 올린 후기 같은 것을 봤다. 그분 혼자 출판사 관계자로 녹음실을 방문했던 날(아마 8월 19일이었을 것이다) 성우님 감정이 복받쳐서 울음을 터뜨린 얘기가 있었다. 사실 성우님은 녹음 때마다 우셨고…… 나는 왠지 그때마다 윗가슴이 (물리적으로) 간지러워서 북북 긁었다. 마지막 녹음 날에 성우님이 사인을 해달라고 해서 처음으로 성함을 알게 되었는데(엄청나게 실례가 아닌가……) 한창 작업 중일 동안에 나는 성우님의 블로그를 찾아서 보고 있었다. 이렇게 속된 사람에게 소설 너무 좋다는 칭찬이…… 무슨 소용이 있을까요? 성우님 블로그 포스팅은 거의 전부가 책 얘기였다.

이 사실들을 엮어 어떤 주장…… 주장까지는 아니고 감상…… 같은 것을 짜내보려 해도 잘 되지 않는다. 그냥…… 그랬고, 그러하다.

일기 쓰는 법 사실 다 까먹은 것 같아서 생각나는 대로 아무 말이나 지껄이게 된다. 갑자기 내가 기억하는 최악의 애인 빅3 중 하나가 떠올랐다. 짧게 사귀었고 오랫동안 개좆같았던……. 한번쯤 내가 일기에 쓴 적 있지 않나? 그건 너무 예전 일인가? 헤어진 지 만 2년 가까이 되던 어느 겨울 내가 대학로 CGV에서 〈오이시맨〉이라는 영화를 보려고 할 때, 영화관이어서 핸드폰을 막 끄려고 할 때 개한테서 전화가 왔었다(문자 메시지였던가?). 누나. 그때 진짜 미안했어. 미안한 줄은 아니? 씨발……이라는 말을 내가 했던가, 안 했던가……. 이제 와서?라는 생각이 더 강하게 들었던 것만은 기억이 난다.

통화할 때 재밌는 얘기 해달라고 하면 거의 반드시 무슨 말이든 해주는 자판기 같은 애였다. 가령 이런 식.

재밌는 얘기 좀 해줘.

어떤 얘기 듣고 싶은데?

모르겠어.

음.
옛날에 모씨 성 가진 남자랑 르씨 성 가진 여자가 결혼을 했는데, 이 부부는 성 평등을 중요하게 생각해서 애 이름에 두 사람 성을 다 붙이도록 했어. 그래서 애 이름이 뭐게?

모르겠어?

어떻게 알았지?

ㅋㅋㅋㅋㅋㅋㅋㅋ

들어봐. 아직 안 끝났어. 애 이름이
모르겠어가 뭐냐? 애가 커서 학교에 갈 거
아냐. 당연히 학교에서 엄청 놀림받고 맨날
울고 그랬지. 야, 니는 이름이 그게 뭐냐?
친구들이 놀리니까 애가 뭐라고 했게?

뭐라고 했대?

모르겠어. 엉엉.

씨발ㅋㅋㅋㅋㅋㅋ

얘기 아직 안 끝났어. 걔한테 고모가 있었어.
고모는 잘씨 성 가진 남자하고 결혼을 했는데,
자기 오빠처럼 성 평등을 중요하게 생각해서

이쪽도 양친 성을 다 쓰는 이름을 지었어.
뭐라고 지었는지 알아?

……잘 모르겠어?

잘모태써.

…….

대략 10년 정도가 지났는데도 기억이 난다. 엄청 많이 웃었다. 걔는 나를 너무 좋아해서 그런 이야기들을 끊임없이 짜낸 거였을까, 아니면 그냥 말이 많은 거였을까. 아마 둘 다였을 거라고 생각된다. 나 좋자고 하는 말이 아니라…… 실로 그랬던 것 같다.

이런 이야기를 10년이 넘게 기억하면서도 걔하고 한 연애를 인생 좆같은 연애 빅3에 꼽는 이유는 내게 보인 성의를 모두 상쇄할 만큼, 그러고도 차고 넘침이 있을 만큼 형편없이 굴기도 했기 때문이다.

여행기

상하이 여행기: 모사익의 모색

2017년 7월 19일(여행 기간: 7월 14일~18일)

첫째 날

잠을 거의 자지 못한 채로 여행 준비를 마쳤다. 잠이야 비행기 안에서도 실컷 잘 수 있으니까……라고 생각했지만 비행 시간은 갈 때 한 시간, 올 때 두 시간밖에 되지 않았다. 이 사실을 돌아오기 전날 알았다.

이렇게 잠이 부족한데 외면할 수 없는 태스크가 있는 날에는 과한 각성 상태가 이어진다. 검정 빨래들을 모아 세탁기에 돌려둔 다음 홈플러스에 갔다. 아이스팩을 샀다. 마지막 날 릴리안 에그타르트를 사서 아이스팩과 함께 보냉백에 넣어

가지고 오면 여행 직후 만날 사람들에게 기념품으로 나눠줄 수 있을 거라고 생각했다.

여행 준비 중이라 할 때 상비약을 챙기라는 멘션을 받았는데 그러겠다고 호언을 빵빵 해놓고는 약국에 가서 어린이 비타민 하나만 샀다. 굴리면 불빛이 번쩍이는 파란 요요가 포함된 구성이었다. 비타민은 익숙한 불량식품 맛이 났다.

집에 와서 이거 정말 다 챙긴 게 맞나 끊임없이 의심하면서 캐리어를 잠갔다. 아홉 시 비행기인데 세 시 출발은 조금 너무한 것 같기도……라고 생각하면서 일단 집을 나섰다. 아, 여행용 변압기가 없지—일전 해외출장 중에 기념품으로 하나 받은 적이 있는데 그건 대체 어느 집구석에 있는지 알 수가 없고—싶어서 교보문고에서 산 다음 아, 서점에 오니까 생각나네, 상하이 여행 테마 계간지를 샀는데 가는 길에 읽어야지 생각해놓고 챙기질 않았네, 싶어서 다시 집으로 돌아갔다. 벌써부터 이렇게 체력을 낭비할 일인가 하는 생각이 들었지만 별수 없었다. 남는 게 시간이기도 했다.

공항에 도착해 온라인 체크인을 한 뒤 수하물 창구로 갔다. 캐리어에 혹시 배터리 내장형 기기나 라이터가 들어 있나요? 애써 쌌던 짐을 수하물 창구 앞에서 다시 풀면서 속으로 욕을 했다. 캐리어에서 다음 물건들을 꺼냈다: 디지털카메라, 필름 카메라, 아이패드, 라이터 두 개. 할 수 없이 가볍게 다니려고 맥북만 넣어두었던 숄더백을 열었다. 이후 네 시간 동안 공항을 떠돌면서 그 물건들을 다 지니고 있어야 했다.

이륙 예정 시간이 원래는 아홉 시 오 분이었는데 아홉 시 삼십 분으로 늦춰졌다. 그래도 '어찌될지 모르니까' 원래 보딩 타임을 지켜 여덟 시 반까지는 게이트로 가 있으라고 항공사 직원이 말했다.

일찌감치 출국 심사를 마쳤다. 주류/담배류 면세점에서 룸메이트가 부탁한 술 한 병과 내가 피울 담배 한 보루를 샀다. 조금 여유가 있다 싶어 룸메이트가 부탁한 것과 같은 술을 나도 한 병 사려고 했는데 면세는 한 병까지만 적용되는데 괜찮으세요? 하는 말을 듣고 그럼 됐어요, 한 병만 주세요 했다. 여권을 보여주고 서명을 하는 동안 수박 이론에 대해 생각했다. 마트에 치약을 사러 갔는데 수박 반 통이 팔천 원, 수박 한 통은 만원이라면 뭘 사야 이득일까요? 답은 안 사는 것입니다. 안 사면 100% 할인이에요.

저가 항공사 게이트가 밀집된 탑승동으로 갔다. 한 달 전과 하루 전 주문한 면세품 꾸러미 두 개를 받아 들고 흡연실을 찾아다녔다. 갈 때마다 흡연실이 있다는 것만 생각나고 정확히 어딘지는 기억이 안 나서 거의 게이트 끝에서 끝까지 헤집게 된다. 112번 게이트와 114번 게이트 사이쯤에 있었던 것 같다. 기억해둬야지—가 아니고 흡연 공간을 찾으려고 시간 허비하는 짓 좀 그만두는 게 나을 것 같은데. 아무려나, 그때로서는 담배를 피우는 일 말고는 시간을 녹일 다른 방도가 없었다. 연달아 두 대를 피우고 과일 스무디를 사 들고 돌아와 또 두 대를 피우고 이제 슬슬 여덟 시 반이네, 출발할 게이트랑 흡연실이 가까워서 다행이네, 생각했는데 게이트 앞에 가보니 이륙 시간은 또 늦춰졌고 게이트 번호도 변경되었다고.

그때부터 두 시간가량은 정말 뭘 했는지

모르겠다. 바뀐 게이트는 한 층 아래에 있었고 트위터를 10초 간격으로 새로고침 하면서(팔로잉 50명도 안 되다 보니 공백이 많다) 담배 한 대 피우려고 가방을 네 개나 든 채로(면세품 쇼핑백 셋에 맥북, 아이패드, 디카, 필카가 들어 있는 숄더백 하나) 계단을 오르락내리락했다. 간신히 탑승 시작인가 했더니 귀국하는 중국인 관광객들 때문에 줄은 천리 밖까지 늘어지고, 와중에, 줄 서기 나쁘지 않은 자리에 앉아 있었던 관계로 처음에는 좀 일찌감치 탑승 줄에 합류해 있었는데 어떤 중국인 커플이 내 '옆', 뒤가 아니라 옆에 선 다음부터 사람들이 그 뒤로 줄을 서게 되어서(내가 그 커플의 일행으로 보였던 것 같다) 석연찮고 빡치는 마음으로 도로 자리에 앉아 이렇게 된 거 마지막으로 타버려야지 하고 버텼다. 룸메이트가 대체 무사히 출발하는 게 맞냐는 멘션을 보내왔다. 나도 그게 궁금한 참이었다.

온라인 체크인을 일찍 한 덕에 자리가 좋았다. 자리가 좋아서 그간의 스트레스가 좀 녹았다. 이코노미 클래스 맨 앞줄 창가 자리였고 내 옆 두

자리에는 중국인 모녀가 앉았다. 앉자마자 친구에게 이제 출발한다는 메시지를 보냈는데 답장은 오지 않았다. 옆자리의 여자애는 열 살 남짓 되어 보였는데 잠이 오는지 계속 칭얼거렸다(그러기엔 좀 큰 편 아닌가?라는 생각도 들었지만 내가 뭘 알겠어).

난기류였다. 어느 정도 궤도에 올랐다 생각될 즈음에도 안전벨트 착용 권고 사인이 계속 점등되어 있었다. 비행기를 탈 때마다 그리 진지하지는 않은 마음으로 아 이렇게 죽을 수도 있었지 참, 하고 생각하는데 어쩌면 이번에야말로, 하는 생각이 들 만큼 난기류였다. 출발 시간이 계속 지연된 것도 까닭이 있겠거니 싶었다. 이륙 직전에 H에게 만약 내가 무사히 도착하지 못하면 날 대신해서…… 하는 농담조의 부탁을 해뒀는데 그것도 생각이 났고…… 어쨌든 그런 일은 일어나지 않게 됐다.

옆자리의 여자애는 상모 돌리듯 상체를 크게 흔들며 졸다가 결국 내게 기대 잤다. 여자애가 깨지 않게 조심하면서 가방에서 물티슈와 시트 마스크 팩을 꺼내 썼다. 비행기 타면 건조하니까—라고 생각하면서 굳이 챙겨뒀던 것이고, 일부러 화장도 전혀 하지 않은 채였다. 그러니까 에~ 죽을지도 몰라~라고 생각하면서도 피부 관리를 했다는 것인데, 비즈니스 클래스와 이코노미 클래스 사이에 있는 화장실에 온 승객들 중 몇몇이 흰 마스크 팩 시트를 뒤집어쓴 나를 발견하고 흠칫 놀라는 기색이 있었다. 기내식이 왔을 때는 마스크 팩 턱 부분만 살짝 걷어 올린 채로 먹었다. 기내식은 조그마한 햄 샌드, 참치 샌드, 오이 토마토 샌드와 200ml가 안 될 것 같은 작은 오렌지 주스였다. 저가 항공사인데 그나마 기내식을 파는 게 아니라 나눠주는 게 어디야, 하면서 먹었는데 뜻밖에도 맛있었다. 나중에야 알긴 했지만 비행 시간이 한 시간밖에 안 되는데 기내식을 굳이 나눠준 것도 좀 이상했다. 굶으면 죽나, 이 사람들은…… 이렇게 생각할 수밖에 없었다.

착륙 즈음 건너편 자리에 앉아 있던, 내 옆자리 여자애의 또래로 생각되는 다른 중국인 여자애가 울기 시작했다. 아주 심한 잠투정이었다. 내릴 때 보니 여자애의 엄마가 다정하게 그 애를 껴안고 이마와 뺨에 입을 맞추며 달래고 있었다. 그 광경이 무척…… 익숙하고도 낯선 느낌이 들었다.

입국 심사부터 배기지 클레임까지는 그다지 긴 시간이 들지 않았다. 늦은 시간이라 그런지 제법 느슨한 편이었고 내가 인파 몰리기 전에 빨리 내리기도 했다. 입국 심사 중에 보안 심사대 직원들이 근무 교대를 하는 것을 봤다. 드물다면 드문 장면이겠지만 별로 궁금하지도, 알고 싶지도, 생각해본 적도 없는 일이네, 하는 생각이 들었다.

손에 든 것이 많아 꾸러미를 좀 합치고 싶었지만 면세품 포장이 너무 튼튼해서 숙소에 가기 전까지는 엄두도 낼 수 없었다. 출국 게이트에서부터 불법택시 기사들이 영업을 걸어왔다. 정말 힘겹게 웃으면서 팅부동(听不懂, 못 알아들어요)을 연발하며 밖으로 나가 담배를 피웠다. 인천에서 담배를 반 갑 가까이 피우고서도 담배 생각이 간절했다. 너무 습해서 종일 물을 안 마셔도 목이 안 마르겠네 하는 생각이 들었지만 지내고 보니 그렇지 않았다. 담배를 피울 동안에도 재떨이 곁에 옹기종기 앉아 있던 택시 기사들이 끊임없이 치근거렸다. 되지도 않는 영어를 쓰면서 영업과 성희롱을 동시에 걸어왔는데 같잖은 동시에 겁이 났고 아 씨발 왜 내가 겁을 먹어야 하지 그냥 이 모든 게 다 짜증이 난다…… 는, 뭐랄까 메타분노 같은 것도 느꼈다.

　마침 흡연 공간 주변에 번듯한 '호텔-에어포트 셔틀버스' 부스가 있었고 초록 간판에 불이 들어와 있길래 그곳으로 척척 걸어갔다. 불법택시 기사들이 뒤에서 뭐라 뭐라 외쳤지만 알아들을 수 없어서 못 들은 척했다. 호텔-에어포트 셔틀버스라는 것은 결과적으로는 택시였고, 그것도 리무진 택시였고, 차내에서 무려 와이파이가 터졌고, 기사가 문을 열어 나를 태운 다음 차가운 생수를 건네줬고, 내가 알려준 호텔의 정문까지 나를 데려다주고 짐까지 받아줬고, 선금으로 어마어마하게 비싼 요금을 요구했다. 약 30분의 쾌적한 운행 가운데 야 씨발 역시 돈이 짱이다 하는 속된 생각을 천만 번 반복했다. 부스에서 내 요금을 정산한 직원은 별로 웃음기도 없는 얼굴로 너 한국인이지. 돈이 문제가 아니야. 바가지를 쓰는 정도면 다행이지. 너 지금 불법택시 타고 가다가 죽을 수도 있어. 알아서 선택해. 라고 했다. 해외여행을 혼자 하는 게 처음이라 그게 전혀 농담으로 들리지 않았고 재떨이 주변에 앉아 있는 지저분하고 끈적끈적한 기사들을 돌아보고 싶지가 않아서 호텔-에어포트 셔틀버스를 결국, 거금 주고, 탄 것이다.

시종 웃는 얼굴이었던 친절한 기사는 내가 준 주소를 잘못 보아서 목적지 근처의 다른 호텔에 날 내려주려고 했다. 출발 전 호텔 외관 사진을 3만 장 정도는 보았기 때문에 어둠 속에서도(새벽 한 시경이었다) 여기는 아닌 것 같은데, 라는 생각을 할 수 있었고, 영어를 잘 못 알아듣는 기사에게, 여기가 아니라는 의견을 침착하게 전달한 스스로를 좀 뿌듯하게 생각하면서, 약 3분 더 운행해 원래 목적지인 포강반점 a. k. a. 애스터 하우스 상하이에 도착했다. 애스터 하우스는 러시아 영사관 맞은편, 기사가 날 잘못 내려줄 뻔했던 호텔은 영사관 오른편이었다.

로비에서 체크인 하고 보증금을 지불한 다음 카드키를 받아들고 205호로 갔다. 문이 열렸을 때 가장 먼저 나를 압도한 것은 방 안에 어마어마하게 차 있어서 들이쉬기조차 먹먹한 습기였고 불을 켠 다음에는 숨이 멎어서 습기고 나발이고 생각도 안

났다. 방이 존나 너무 예뻐서 소리라도 지르지 않고는 못 배길 지경이었다.

비틀거리면서 들어가 캐리어를 넘어뜨리고 숄더백과 면세품을 소파에 던져놓고 침대에 자빠져 내가 뭘 했냐면…… 셀카를 찍었다. 한 20분 정도 그렇게 뒹굴거리다가 야식을 사러 나갔다. 5분 정도 떨어진 거리에서 편의점을 찾았고 신중하게 먹거리를 골랐다. 돌아오는 길에 빗방울이 조금 떨어졌다. 호텔 뒤편에 있는 조그만 펍에서 네댓 사람이 가라오케 파티를 하고 있었다. 편의점으로 가는 길에는 그런 것 정도만 보였는데 다시 지나칠 때에는 어떤 노래를 하고 있는지도 조금 보였다. 키 작은 여자가 〈레몬 트리〉를 부르고 있었고 나도 저 노래 아는데, 하는 생각을 했다. 그런 생각이 드는 점이 외로웠다.

야식을 먹은 다음 면세품을 풀어 헤쳐 4일치 입욕제를 찾아냈다. 초콜릿 머핀 모양 입욕제를 욕조에 풀고 들어가 아무 생각도 하지 않으려고 무진 애를 썼다. 실제로 물이 너무 뜨거운 것 같다는 생각 말고는 그때 대체 무슨 생각을 했는지 하나도 기억이 안 난다.

무척 피곤하지만 그대로는 잠이 안 올 것 같아서 일기라도 쓸까 하는 생각을 했지만 맥북 꺼내기 너무 귀찮다……는 생각을 했다. 알몸으로 목욕 가운을 걸치고 허리띠는 매지 않은 채로 누웠다. 대체 언제 잠들었지 하며 깨어났고 깨어난 요인은 사실 너무 추워서였던 관계로 에어컨 풍량을 최저로 줄이고 다시 누웠다.

둘째 날

새벽 다섯 시쯤 깨었다가 이건 너무하네, 싶어 다시 누웠다. 아홉 시 사십 분에 최종 기상을 했다. 열 시까지가 조식 시간이어서 큰일이네 큰일이야 한국말로 소리 내어 탄식하며 식당으로 갔다. 식당의 이름이 피코크 홀이라서 계속 〈클루〉 생각이 났다. 처음 안내받은 것과 달리 열 시 조금 넘어서까지 조식이 운영되어서 생각보다 여유롭게 식사를 마칠 수 있었다. 점심을 거를 생각으로 하루 치

음식을 다 합친 거라고 봐도 무방할 만큼 먹었다.

여행 직전까지 비자 발급을 미뤄왔고 비자가 제때 나오기나 할지, 여행 취소해야 하는 건 아닌지 의심했기 때문에 아무 계획이 없었다. 수영하다가 풀베드에 자빠져서 《하이 상하이》(전날 집으로 되돌아가 챙겨 나왔다는 그 상하이 여행 테마 계간지) 좀 읽으면서 어디로 가볼까 생각해야지, 하는 계획으로 수영복을 입었다. 로비에 전화를 걸어 수영장 위치를 묻고 우리 호텔은 풀도 짐도 없다는 답변을 받았다. 어안이 벙벙한 일이었다. 분명히 한국에서…… 네이버에서…… 수영장 후기를 보고 왔는데……! 빌어먹을 수영복 두 벌에다 도수 수경까지 챙겼는데……? 그렇지만 없다는데 어쩔 거야.

하여 얌전히 수영복을 벗었다. 더 이상은 화도 나지 않을 만큼 스스로가 바보처럼 느껴졌다. 헛웃음을 길게 웃었다.

대책이랄 것은 없지만 대책이 필요하려니, 대책을 세우기 위한 대책으로 일단 남경동로에 나가보기로 했다. 남경동로는 상하이 가이드북마다 명동에 빗대지 못해 안달이 난 거리로 다국적 대형 쇼핑몰들, 유명 SPA 체인들이 공룡처럼 들어서 있는 곳이고 처음 상하이 여행을 갔을 때도 족히 20회 정도는 왕복했던 거리다. 상하이의 명물인 와이탄과 T자 모양으로 접해 있고 내가 묵는 포강반점에서는 걸어서 10~15분이면 갈 수 있어 첫 번째 목적지로 나쁠 게 없었다. 그러면 오늘은 우선 계속 살까 말까 망설였던 SIM 카드랑, 걷기 좋은 플립플랍 한 켤레랑, 챙긴 줄 알았지만 그렇지 않았던 보조 배터리 충전용 라이트닝 케이블 이 세 가지를 마련하고 그다음을 생각하는 것으로 하자—고 결심한 채로 나갔다. 머리를 뒤통수에 딱 붙는 양갈래로 땋고 가지고 온 옷 중 가장 밝은 원피스를 입었다. 다른 곳은 다 잘 맞는데 가슴팍이 조금 벌어지는 옷이다. 요새는 이런 것이 이상할 만큼 신경 쓰이지 않아서 그냥, 그런 문제가 있다는 사실을 '아는 채로' 별 스트레스 없이 잘 다닌다—라는 나의 상태와는 별개로 마주치는 사람마다 다 얼굴과 가슴을 번갈아 보는 건 좀 힘들었다. 두어 번 내국인 관광객으로 보이는 사람들한테 사진을 찍혔다. 다른 사람이나 풍경을 찍는 일에 우연히 내가 끼게 된 게 아니라 분명히 나를 표적 삼아 찍은 것을, 알면서도, 그냥 지나쳤다. 대체 왜 찍었는지 따져 묻고 싶었지만 이런 일로 화를 내기 시작하면 끝이 없으리라는 생각이 들었고 그러자 치밀던 화가 부질없는 것으로 여겨졌다.

외백도교를 건너 와이탄을 따라 10분 정도 걸었다. 수영장이 따로 없네, 불쾌하다는 것만 빼면, 하는 생각이 들 만큼 땀이 났다. 걷는 사이 웨딩 사진을 촬영하는 내국인 커플을 오천 쌍 정도 보았다. 서로의 프레임에 다른 예비 부부의 얼굴이 들어가지 않게 찍는 것도 큰일이겠네. 그렇게 생각하니 사진사들이 대단하게 여겨졌고, 이 날씨에 예복을 차려입을 수밖에 없었을 사람들이 굉장히 가엾게 느껴졌다.

미니소는 한국에도 이미 들어와 있는 체인인데 한국 미니소에서는 본 적 없는 파워퍼프걸 굿즈를 많이 팔길래 구경하다가 뭔지 모를 틴케이스 캔디를 세 개나 샀다. 걷다 보니 좀 전에 들렀던 곳보다 큰 미니소도 있어서 더 찬찬히 한번 둘러볼걸 하고 조금 아까운 생각이 들었다.

플립플랍부터 시작해볼까, 하면서 일단 H&M에 들어갔다. 총 4층에 이르는 대형 매장이고 제정신 가진 사람이라면 절대 사지 않을 것 같은 신발을 정신 나간 가격에 팔고 있어서 혼자 낄낄 웃으면서 한 켤레씩 신어봤다. 플립플랍은 없었다. 그렇지만 마음에 드는 물건도 제법 있어서 마지막 날에 만약 돈이 남거든 여길 한 번 더 올까, 그렇지만 한국 H&M에도 있는 물건을 굳이 여기서 살 필요는 없을 텐데, 출국 전에 잠깐이라도 H&M 구경을 좀 했어야 저 물건이 한국에도 있는지 없는지를 알지, 쯧 하고 속으로 혀를 찼다. 그렇게 생각하고 보니 신통하게도 물욕이 사라져서 좀 경건하고 허무한 마음이 되었다.

근처 백화점과 대형 쇼핑몰의 1층에 입점되어 있는 스포츠 브랜드들을 한번씩 둘러보고는 기운이 빠져서 고디바에 갔다. 홍콩 여행을 두 번째 갔을 때까지는 고디바가 한국에 입점해 있지 않아서 비싸도 뿌듯하게 사 먹었는데 이제는 한국에도 있는 걸 중국까지 와서 이 돈 주고 처먹어서 뭐한담 하는 생각이 들었고 아니 그래도 내가 강남이나

청담까지 가서 고디바 먹는 일은 아무래도 드물잖아,
눈에 띄어서, 좋아서 먹는 게 어때서, 하는 식으로,
스스로를 몰아세우고 감싸주기를 속으로 반복하면서,
끝내 주문하고 앉아서 와이파이 연결에 집중했다.
잠시 후에 점원이 직접 음료를 가져다주고 서비스로
거의 음료 가격에 준하는 트뤼플 초콜릿 한 개도 두고
갔다. 한 입 머금는 순간 두 시간 좀 넘게 쉬지 않고
불볕 아래 돌아다녀 고되었던 심신이 도로 깨어나는
기분이—과장 없이—들었다. 고디바의 초콜릿 음료는
초콜릿과 엘릭서를 합성한 초콜렉사라는 이름을
가지고 있다. 엘릭서는 마시면 만병이 통치되고
불로하며 불사하게 된다는 연금술의 영약이다.
에너지드링크를 마시고도 그토록 각성된 적은 없었던
것 같다. 정말 오랜만에 마신 거여서 홍콩에서 처음
마셨을 때랑 거의 비슷한 감동을 느꼈다.

이 무렵에 남경동로 중심부에 있는 쇼핑몰의
이름을 다시 보았다. 그 쇼핑몰의 이름은 원래는
'모자이크MOSAIC'이고 중국어 음차로는 한국식
한자의 음과는 전혀 다르게 표기되어 있다. 그런데
내게는 'MOSAIC'가 자꾸 '모사익'이라고만 보였고,

모사익이라는 것은 어딘지 사람 이름 같은 삼
음절이네, 하는 생각이 들었고, 모사익이 나의
동행이라면, 하는 상상을 자꾸 하게 되었고, 그러니까
도무지 모사익에 대한 생각을 멈추기가 어려웠다.
지금도
　　지금도 그렇긴 한데,

　　플립플랍은 메트앤 브론즈인가 메트론 앤
보이즈인가 그런 이름의 SPA 스토어에서 샀다. 발이
편한 게 최우선 조건이기 때문에 끈에 발이 쓸려
까지지 않을까, 쿠션이 충분한가를 꼼꼼히 따져,
천으로 된 끈이 달린 연푸른색 플립플랍을 샀다. 출국
전날 발가락에 매니큐어를 발라뒀는데 새 신발의
색이 발톱의 다홍과 묘하게 어울리는 것 같아서
기분이 좋았다.
　　그럼 다음은 라이트닝 케이블이랑 SIM 카드지,
하고 나와서 걷다가 열사병으로 쓰러진 사람을 봤다.
굳은 몸이 경련하고 있어서 뇌전증 발작일수도
있겠다는 생각이 순간 들었는데 그 사람은 자기가
그렇게 갑작스레 쓰러질 줄 전혀 예상하지 못했다는

듯 손에 샤오츠와 나이차가 든 반투명 비닐 봉투를 쥔 채로 그렇게, 쓰러져, 있었기 때문에 뇌전증보다는 열사일 것 같았다(그런 게 중요한가?)(이런 문장을 쓰는 데에는 3~5분 정도가 걸리지만 현장에서 내가 그 생각을 하는 데에는 0.03초도 들지 않는다)(이런 생각은 한다기보다 드는 것이기 때문에 막을 수 없고 내게는 그 순간에 일어난 일만큼 그때의 생각과 인상이 중요해서 적어두어야 한다). 무섭고 놀라서 핸드폰을 꺼내들었지만 중국 응급 전화번호를 내가 알던가? 하는 생각이 들어 눈앞이 캄캄해졌다. 중년 여자 하나가 쓰러져 있는 남자의 머리 쪽에 대고 시원찮은 부채질을 해주고 있었다. 쓰러진 남자를 중심으로 사람들이 구름같이 모여들었지만 누구 하나 가까이 다가가지는 않았다, 부채질하는 여자 말고는. 한 1분 정도 지나서야 흰 폴로티를 입은 중년 남자 하나가 어딘가에 전화를 거는 것을 봤다. 신고 전화인지 그냥 사적인 전화인지 알 길은 없었지만 그 자리에서 그 상황을 보고 있는 것만으로는 아무 도움도 되지 않고, 그냥 그 불행을 보며 발을 동동 구르는 것으로 불행을 소비할 뿐이지, 하는 생각에 발길을 돌렸는데 역시 돕지 못했다는 자책감……

그런데 이 자책감도 기만적이라는 생각을 멈출 수가 없었고

쓰러진 남자와 그를 둘러싼 군중을 뒤로 하고 라이트닝 케이블을 사러 갔다. 핸드폰 판매 대리점이었는데 여기에서 SIM 카드를 살 수 있냐고도 물어봤지만, 판매원만 족히 열 명은 되는 그 가게에 영어를 할 수 있는 사람은 단 한 명뿐이었고 그나마도 무리 없이 대화가 가능할 정도는 아니라서 '이 주소로 가보라'며 건넨 쪽지 하나를 받은 채로 그냥 나왔다. 라이트닝 케이블을 사고 그 쪽지를 받느라고 벌인 실랑이가 족히 10분은 걸렸을 텐데.

밖으로 나와보니 쓰러진 남자가 아직도 쓰러져 있었다. 공안으로 보이는, 흰 제복을 입은 남성 둘이 군중들과 함께 뒷짐을 지고 그 남자를 보고 있었다. 믿을 수 없었고, 누구도 피를 흘리고 있지는 않았지만 너무 끔찍한 광경이라고 느꼈다. 얼른 그들을 뒤로 하고 약도에 그려진 길을 따라 걸었다. 아무렇지 않다. 저 사람은 괜찮아진다. 라고 되뇌었지만 가슴이 세차게 퉁탕퉁탕 뛰었다.

물어물어 도착한 곳 주변에…… 왠지 경찰서가 있어서(중국은 경찰서를 뭐라고 하지? 공안소?) 아까 패스포트 어쩌구 하더니 혹시 여권 잃어버린 여행자로 착각한 거 아냐, 하는 생각이 들었지만 거기서 조금 더 걸어가보니 과연 CMCC 통신사가 있었다. 안에 들어가서 여행자용 일주일짜리 플랜이 있다던데, 하고 입을 떼니 무조건 1개월 플랜으로 시작해야 한다고 해서 그냥 나왔다. 잠깐 핸드폰 에어플레인 모드를 껐더니 현지 통신사와 연결되면서 웬 음성 메시지가 왔다는 알림이 왔다. 왠지 안 좋은 생각이 들어서 내게 지금 음성 메시지를 급하게 남겨야 할 사람이 대체 누가 있을까 떠올려봤는데 역시 안 좋은 생각밖엔 들지 않았고, 다시 에어플레인 모드를 켰기 때문에 모든 통신이 또 한번 차단되었다. 음성 메시지는 확인할 길이 없었다.

나 지금껏 뭘 한 거야, SIM 카드를 사려거든 공항에서 샀어야지, 그렇지만

그렇지만 너무 늦어서 공항에선 아무것도 할 수가 없었고 그건 내 탓이 아니었는데.

오전에 수영복을 입었다가 물에 들어가보지도

못하고 다시 벗었던 일의 기억과 중첩되어 벽이라도 마구 치고 싶은 심정이 되었다. 이윽고 배가 아파서 그런저런 사정이며 심정을 다 잊게 되었다. 겨우 한 블록 걷는 사이에 상태가 놀랄 만큼 나빠졌다. 더워서 질질 흐르던 땀이 식은땀으로 변했다. 어디 들어갈 곳 없을까 두리번거렸는데 그 주변은 상점가는 아니어서 껌 한 통이라도 사고 화장실을 이용할 그런 곳도 없어 보였다.

그러던 차에 통유리 벽으로 환하고 흰 내부를 드러낸 건물 하나를 발견하고 힘겹게 그리로 갔다. 거의 울 것 같은 심정으로 문을 열었는데 로비에 앉아 있던 여자가 혹시 초대받았느냐고 영어로 물어봐서 심한 슬픔을 느꼈다. 거의 바로 그 여자가, 초대 없이도 들어올 수 있다고 덧붙여서 땡큐, 땡큐 하며 안으로 들어갔다. 인간으로서의 존엄을 잃기 직전이었다.

급해서 앞뒤 잴 것 없이 들어갔는데 거긴 알고 보니 갤러리였고, 마침 바로 그날 어떤 팝아트 작가의 개인전이 시작된 참이었다. 내게 초대 여부를 물어봤던 여자 주변을 불안하게 서성이는 키 큰 진저 남자, 포르투갈계 같지만 머리색이 조금 불그스름한 것이 아이리시인가 싶기도 한 그 남자가 작가인 듯싶었다. 화장실도 잘 썼고, 아무리 문외한이지만 현대미술에 대고 "이건 나도 그리겠네" 같은 소릴 해버릴 정도로 무식하진 않다 자부하지만, 그건 아무래도…… 나로서는…… 도통 모를 작품들이었다. 작품이 많지는 않았고 작가의 표정은 어두웠다. 내막을 궁금하게 만드는 요소가 한둘이 아니네, 라고 생각하면서도 5분 만에 그곳을 빠져나왔다. 다리를 조금이라도 더 혹사시키면 다리가 스스로 내 목을 감아와 날 죽이고 말 거야…… 같은 생각을 하고서는 혼자 재밌어서 웃었다(근데 그럼 사인이 척추 손상이면 척추 손상이지, 교살—교사라고 해야 하나—은 절대 아닐걸).

와이탄 북동쪽, 이라고 해야 하나, 지도를 봐야 알겠지만 페닌슐라 호텔 뒤편 헤리티지 스트리트를 따라 걸었다. 외백도교 인근 낡은 교회 터와 꽃밭을 지키는 보안요원 같은 남자가 휘파람을 불었다. 어이! 어이! 하고 말을 건네 오는데, 정말 더 이상은 기운이 없어서 한번 웃고 종종걸음으로 지나쳐 왔는데 중국말로 뭐라 뭐라 큰 소리로 지껄이더니 침을 뱉었다. 카아아악 퉤, 라고 쓰고 싶은데 초성 말고는 모든 게 달랐다. 쿠오오오 퉁!이었다. 쿠오오오 퉁……. 외국인 여자가 자기를 상대해주지 않는다고 침을 뱉었는데 그 소리가 카악 퉤가 아니고 쿠오오오 퉁. 이게 웃긴 동시에 그 일을 당한 여자가 바로 나라는 점이 무섭고 슬퍼서, 양가감정이 잘 조화되지 않은 채로, 허탈함을 느끼며 다리를 건넜다. 호텔 앞에서 담배를 연달아 두 대 피우고 들어갔다. 호텔 로비는 결혼식 준비가 한창이었다. 화장이 아까워서 셀카를 조금 찍고 씻었다. 전날 메시지를 보냈지만 답장하지 않은 친구에게 혹시 전화했었냐는 메시지를 보냈다. 역시 답장은 오지 않았다. 누워서 낮 서너 시간 동안 겪은 일들을 곱씹다가 조금 잤다.

해 진 다음 다시 외출하기로 했다. 로비에서는 낮 동안 준비하던 결혼식이 드디어 거행되는 모양이었다. 외백도교를 다시 건넜다. 와이탄은 야경이 유명해서 외백도교까지 사람이 바글바글했다. 그 와중에도 웨딩 촬영 중인 커플들이 있었다. 잘 보니 낮의 그 사람들이 옷을 갈아입고 다시 와 있는 것 같기도 했다. 야경을 배경으로 찍을 때는 여자가 붉은 드레스를 입는 것이 관례인 듯싶었다. 그러고 보니 호텔 결혼식의 신부도 붉은 드레스를 입고 있었다. 문화란 뭘까…… 문명이란…… 이런 생각을 하며 걸었다. 여전히 습하긴 하지만 걷기 썩 나쁘지 않았다. 애초에 나는 더위에도 추위에도 그렇게 예민한 편이 아니다. 그렇지만 곧이곧대로 와이탄-남경동로 코스를 그대로 따라갔더니 인파 때문에 죽고 싶었다.

신세계다이마루(한국 SSG그룹과는 관련 없어 보인다) 뒤편의 허름한 식당에 들어갔다. 점원이 우리 가게에 외국인이 온 건 개점한 지 30년 만에 처음 있는 일이라는 듯한 표정으로 쳐다봤다. 메뉴에는 사진도 영어 설명도 없었고……. 그런 것이 당연히 있기를 기대하는 것도 무척 오만한 태도가 아닌가 하는 반성을 했다. 우육면이라는 글씨를 간신히 읽어내서 손가락으로 짚고 고개를 끄덕여 보이자 점원이 무슨 말을 했는데, 눈치와 감으로 메뉴판을 뒤집어 콜라를 가리켰다. 그리고 귀동냥으로 배운 콜라의 중국 발음을 한번…… 발음해봤다……. 커. 라. 커라. 커라? 콰잇? 그랬더니 이번에는 그쪽이 고개를 끄덕이며 내 주문을 메모해 갔다. 들어갈 때는 손님이 별로 없었지만 앉아 있다 보니 갑자기 자리가 꽉 찼고 비어 있던 내 앞자리에도 어떤 중국 남자가 합석해 자기 메뉴를 순식간에 해치우고 갔다. 우육면과 콜라를 합쳐 30위안도 안 되었기 때문에 다른 번듯한 가게의 식대는…… 사실 영어값 같은 게 붙은 걸까, 생각을 안 할 수가 없었다.

저녁도 먹었으니 이제 어쩐다, 하고 신세계다이마루 앞을 계속 서성이다가 사람들이 줄 서서 먹고 있는 아이스크림을 나도 사 먹어봤다. 쥐어보니 상단에 작은 구멍을 뚫은 큰 플라스틱 컵에 파란 색소 섞인 물과 드라이아이스를 넣어 시원함을 '연출'하면서 그 위에 뚜껑을 덮어 아이스크림을 조금 얹어서 파는 사기성 짙은 음식이었는데, 그래 그냥 한번 속지 뭐 하는 느낌으로 먹어봤더니 아뿔싸, 딸기맛 부분이 절대 우습게 볼 수 없는 맛이었다. 그래도 두 번 사 먹진 않겠네 싶었지만 그 집은 언제 지나가며 봐도 문전성시였다. 하긴 일단 통행인이 절대적으로 많으니 그중 어쩌다 두셋씩만 들른다쳐도…… 망하려야 망할 수가 없겠구나 싶었다.

다 먹고 호텔 방향으로 걷다가 아냐, 아니지 하고 다시 신세계다이마루로 돌아와 지하 슈퍼마켓에서 야식거리를 좀 샀다. 여행 중에는 가능한 한 한국에서 못 먹는 맥주에 도전하는 편인데 그런 고집을 세울 마음도 들지 않아서 그냥 잘 아는 데릴리움—그나마 비교적 파는 곳이 많진 않은 맥주니까—하고 애플사이다 한 병씩을 샀다. 슈퍼마켓 안에 있는 이런저런 먹거리를 구경하다가 모리나가 드롭스를 발견했다. 이거 그거잖아, 〈반딧불이의 묘〉에서 나온 그런……(찾아보니 해당 작품에 나온 사탕은 다른 회사 제품이라고 한다). 그도 그렇거니와 원래 틴케이스만 보면 지갑을 여는 병이 있어서 그냥 지나치기 어려웠다. 그래도 그날은 사지 않았다. 대신 바로 앞에 있는 릴리안 베이커리에서 에그타르트 두 개와 치즈타르트 하나를 샀다.

욕조에 장미 꽃잎이 들어 있는 입욕제를 풀었다. 욕조에서 맥주를 마시려는 구상이었는데(정말 위험한 일이지만 위험을 감수할 가치도 있다는 입장이다) 오프너를 찾을 수가 없어서 로비에 전화를 걸었다. 곧

룸서비스를 올려 보내겠다는 답변을 받고 미니바에
놓인 와인 오프너를 이리저리 살펴보다가, 앗 이걸로
맥주 뚜껑을 열 수가 있구나 하는 사실을 스스로
깨달아버리고 말았다……. 이윽고 방에 당도한
호텔 직원은 영어를 잘 못했고 나는 이제 모든 것을
알았다는 의사를 전달하기 위해 손짓 발짓을 하다가
이미 따버린 맥주를 다시 따는 시연까지 해 보였다.
호텔 직원은 그리 납득한 것 같지 않은 기색이었지만
웃으며 돌아갔다.

적당히 따뜻하고 향긋한 물속에서 야식과 맥주를
먹었다.

셋째 날

새벽 한두 시쯤 잠들었던 것으로 기억하는데
그리 늦지 않게 일어났다. 여유롭게 조식을 먹었다.
전날 복통을 일으킨 문제의 음식이 뭐였을까
생각하면서도 느긋하게 과식을 했다.

제법 부지런히 준비했다 생각했지만 정오 무렵에야 방에서 나갈 수 있었다. 누가 일전에 잠수복이냐고 놀린 적 있는 검정색 짧은 원피스를 입고 머리는 한 묶음 디스코 땋기로 마무리했다(나는 이걸 새우초밥 머리라고 부른다). 진한 레드립을 발랐다. 나가면 땀 때문에 얼굴이 다 녹아버릴 게 분명해서, 아까운 마음이 들어서, 거울 앞에 서서 셀카를 미친 듯이 찍었다. 전날 산 플립플랍을 신었다.

외백도교 지나 와이탄에서는 이날도 웨딩 촬영이 한창이었다. 자꾸 보니 이제 불쌍하지도 않고 그리 구경거리 같지도 않네 하는 생각을 하며 지나쳤다. 남경동로에 가까워질수록 사람이 많아졌고 사람이 많아질수록 내가 혼자인 게 선명해지는 느낌이 들어서—왜냐하면 그 더위에 굳이 밖에 돌아다닐 필요가 있는 사람들은 한시가 아까운 (나 같은) 관광객들이고, 상하이 관광객은 어쩐지 가족 단위인 경우가 많아서—모사익을 생각했다. 최대한 구체적인 모사익. 사실은 최대한 구체적인 모사익이 아니라 '최대한 구체적인 모사익'이라는 문구를 생각하고 있었다고 해야 한다. 둘은 정말로, 너무도, 아주아주 다른 일이다.

전날 들렀던 신세계다이마루 지하 슈퍼마켓('Ole'라는 이름)을 거쳐 남경동로 지하철역에 들어갔다. 3위안짜리 티켓을 끊었다. 가이드북의 도움 하나 없이 이런 일도 해내다니 나 좀 칭찬받아야 하는 거 아냐? 하고 속으로 우쭐거렸다. 개찰구 앞쪽에 소지품 수색대가 설치되어 있었다. 공항 보안 검색대랑 큰 차이도 없었다. 거의 군복처럼 보이는 검정 옷을 차려입은 공안 두 명이 기계 양쪽에서 나를 멀뚱멀뚱 바라보고 있었다. 의자에 앉아 있던 공안이 내가 지나갈 때 뭐라 뭐라 했는데 허? 파든 미? 하고 되물으니 그냥 가라는 듯 손을 휘휘 내저었다.

뜻밖에도 지하철 안에서 와이파이가 잡혔다. 무슨 어플 설치하라는 팝업이 떴는데, 앱스토어로 연결될 때 앱스토어 창을 그냥 닫았더니 설치 없이 그냥 인터넷을 쓸 수 있게 됐다. 남경동로역에 그대로, 잠시 정차해 있었는데 그사이에 한 열한두 살 먹었을 남자애가 지나가면서 디즈니랜드 지라시를 뿌렸다. 그 애가 내리자 귀신같이 문이 닫혔다. 역까지 오는 동안 했던 잡생각이랑 찍은 사진 같은 것을 트위터에 올렸다. 세 정거장쯤 지나 목적지인 신천지역에 닿았다. 시원하고 쾌적하고 인터넷 잘되니 내리기 싫다는 생각을 했는데 거의 동시에 어머 저질, 상하이까지 왔는데 트위터나 잡고 있게? 하는 생각도 들어서 픽 웃었다.

신천지에는 대한민국 임시정부 청사가 있다. 인정하기도 싫고, 마무리하고 보니 그리 충실하게 이행되었다고 하기도 어렵지만, 이 여행은 어쨌거나 문예위(한국문화예술위원회) 보조금으로 떠난 취재 여행이었다. 그런 관계로 기획서를 냈던 전기 장편소설의 배경이 될 만한, 아니 적어도 분위기만이라도 건져올 만한(사실은 문예위에 제출할 보고서 와꾸를 그럴싸하게 꾸밀 수 있을 만한) 도시를 생각해보았고 그게 상하이였던 것이다. 때문에 구체적인 답사 장소가 하나쯤은 있어야 했고…… 그게 대한민국 임시정부 청사였다. 나는 여러 가지 의미에서, 빈말로라도, 애국자라 할 수 없는 사람이고 나의 나 같은 친구들이 나를 애국자라고 놀릴까 봐(진심으로 모욕감이 든다) 임시정부 터에 답사를 다녀왔다는 말 같은 건 하고 싶지 않았지만 어쨌든 갔다 온 건 갔다 온 거고 무를 수 없고 입장료는 20위안이나 되었다. 이 입장료도 보조금 카드로 처리할 수 있길 바랐지만 현금만 받는다는 말에 무슨 정부가 이래, 하고 속으로 투덜거렸다.

내부는 자존심 상하게 재미있었다. 죽은 사람들의 육필 문서나 임시정부 수립 당시의 청사 풍경 디오라마 같은 것들은, 그 전시물들의 어떤…… 근현대사적인 의미 같은 것을 떠나 그냥 보는 재미가 있었다. 계단이 무척 좁고 가팔랐고, 겉보기엔 다 쓰러져가는 것처럼 보였는데 안에 들어와보니 문외한인 주제에도 무척 튼튼한 건물인 것을 알 수 있었다. 예전에 근대 건물들이 튼튼한 이유에 대한 '썰'을 들은 기억이 났다. 당시의 건물들은 대체로 건축학 교본에 충실하게 지어졌는데, 그때는 현재 사용되는 시멘트나 철근의 수배 되는 자재를 사용했다는 것이다. 시간이 흘러 사람들이 건축학 교재에 나온 만큼 쓰지 않아도 건물이 '버틸 수는 있다'는 것을 알게 되면서…… 점점 건물이 약해진 거라는. 내 기억에 이 이야기를 들려준 사람은 내 이모부인데 그는 레미콘 운전을 40년 정도 했고 내가 자취를 시작할 무렵 지은 지 10년 안 된 건물에는 절대 들어가지 말라고도 했다. 그러니까 어디까지 귀담아들어둬야 하는 이야기인지는 사실 잘 모르겠다.

(별 관계없는 얘기지만 '쎄멘'이라고 썼다가 '시멘트'라고 고친 다음 왜 그랬을까 곰곰 생각해봤다. 현장에서는 '쎄멘'이라는 말을 많이 쓰는 걸 알지만 아무래도……그러고 보니 앗 맞다, 'semen'은 정액이잖아, 아니 아저씨들; 다 이거 알고 쓰는 거야?)

나는 발이 작은 편인데도 내 발이 다 안 들어간다 싶을 만큼 계단 폭이 좁았다. 조심조심 걸어서 계단을 오르내렸다. 당시 생활/집무 재현 공간을 지나 기록물 전시 공간에 들어갔는데, 그러고 보면 전시 공간부터는 애초 들어갔던 건물이 아니라 이웃한 건물이기도 해서, 음 뭐랄까 전반적으로 혹시 사람들이 안네 프랑크의 집에 가는 이유가 이런 느낌 때문일까 생각했다. 설명하긴 어려운데…… 그…… 재현 공간이자 비밀 공간 같은 느낌 때문에 이상하게 두근거렸다. 그래도 되나 싶었지만.

뜻밖에 나를 정말 기쁘게 한 것은 해방 직후 임시정부 인사들이 조선으로 돌아오기 전에 쓴 비망록인가 하는 것……, 그러니까 롤링 페이퍼였다. 각각의 필체와 목소리로, 좀 제멋대로인 사람은 큰 글씨로, 신중하거나 소심했을 어떤 사람은 작은 글씨로 빼곡하게, 뭐 그런 식으로 마구 쓰인 해방의 소회가…… 아니 그런 말은 아니고…… 잘 설명하기 어려운데, 그냥, 그들이 사람이었고, 여기 있었다, 는 사실을 다른 어떤 것보다 더 생생하게 말하고 있는 자료 같아서 좋았다.

길게 썼지만 사실 임시정부 청사 구경은 한 시간도 걸리지 않았다. 신천지 인근이 상하이에서 내로라하는 핫플레이스라는 이야기를 들었던 터라 청사를 나와 조금 걸었다. 도로를 중심으로 왼편, 그러니까 정부 청사가 있는 쪽 길은 상대적으로 낡고 지붕이 낮은 건물들에 다소 영세한 가게들이 입점한 상태였는데, 대조적으로 오른편에는 '신텐디스타일'이라는 초대형 쇼핑 센터가 있고 온갖 세련된 카페와 레스토랑이 도열해 있어 묘한 풍경이라는 생각이 들었다. 지하철역을 나왔을 때와 같은 방향으로 쭉 걷다가 이러다 주택가가 나오겠어, 하는 생각이 들어 길을 건너 지하철역 방향으로 되돌아갔다. 그러니까 지하철역을 나와서는 허름한 길을, 지하철역 방향으로 돌아가는 길에는 부내 나는 길을 걸었다는 것인데, 그 사실 자체에는 별 생각이 들지 않았고, 그저 재떨이가 무척 깔끔하게 규칙적으로 설치되어 있는 점은 마음에 들었다.

이때까지 나는 신천지와 프랑스 조계지(이 역시 상하이 관광 스팟 중 하나)를 좀 헷갈려하고 있었는데(사실 지금도 잘 모르겠다. 어느 정도 중첩되는 지역이 있는 모양이다) 어떻게 가야 프랑스 조계지까지 구경하고 갈 수 있는 거야 대체, 라고 생각하며 지하철역까지도 지나쳐 좀 더 걸었다. 아무래도 챙겨 나온 《하이 상하이》(전날과 전전날 로그에서 이미 언급한 그놈의 상하이 계간지)를 보려면 어디든 자리를 잡는 게 좋겠다 싶어 작지만 비교적 깔끔한 카페에 들어갔다. '그라노GRANO'라는 이름이었다.

카페 안에는 남자 사장 하나와 남자 손님 둘, 총 세 명이 있었고 실내가 너무 협소해 앉을 자리가 조금 애매해 보였다. 그래서였는지 아니면 내가,

누가 봐도 과하게 꾸민 외국인인 티가 나서였는지 사장이 문 앞까지 한달음에(카페가 너무 좁아 정말 과장 하나 없이 한달음에) 달려 나오더니 문을 잡아주고 내 대신 닫아주었다. 나는 벽 쪽 테이블을 가리키며 여기 앉아도 되겠냐고 물었고 사장은 물론 그래도 되지만, 저분이 괜찮다면 저기 앉겠냐며 바깥쪽 테이블에 앉아 있던 나이 든 흑인 남자를 가리켰다. 그 남자는 아마존 이북 리더로 뭔가를 읽으면서 맥주—남미 쪽 이름이었던 것 같은데 뭔지는 기억이 안 난다—를 마시고 있었는데 사장이 자기를 가리키자 소지품을 옮겨 내 가방을 내려놓을 자리를 만들어주었다. 그럴 필요 없다고 손사래를 치고 앞에 앉았다. 메뉴판을 한참 본 다음 아이스 바닐라라떼 큰 거 한 잔 달라고 했다. 와이파이 비밀번호를 물어보자 사장이 다시 부엌에서 나와 손수 와이파이 연결을 해줬다. 이즈음에 동네 주민인 듯한 젊은 여자 손님이 와서 테이크아웃 아이스 카푸치노를 주문했다. 그러고 보니 그 여자가 먼저 음료를 가지고 나갔는데 기분이 전혀 나쁘지 않았다.

내 앞에 앉은 나이 든 흑인 남자가 어디서

왔냐고 영어로 물었다. 정확히 어디의 억양인지는 잘 모르겠지만 발음이 건조하면서도 혀를 많이 쓰는 느낌이어서 히스패닉이나…… 의외로 프렌치려나? 싶은 생각이, 적어도 영미권 출신은 아닌 것 같다는 생각이 들었다. 남자는 주황색과 황토색의 중간쯤 되는 실크 소재 긴소매 옷을 입고 있었고 나는 코리안이라고 대답했다. 사장과 옆자리 남자, 비교적 지금껏 내게 관심을 보이지 않았던, 머리가 짧고 나이 길이랑 거의 비슷하게 턱수염을 기른 남자가 앞다투어 코리안이라면, 이 앞에 있는 임시정부 청사에 가보지 않겠냐, 고 해서 거기서 오는 길이라고 대답했다. 사장은 내가 아는 지명들을 자꾸 꺼내며 여기는 가봤냐, 저기는 가봤냐 물었고 나이 든 남자가 혼자 여행을 다니는 이유를 물었다. 턱수염은 내 얘기를 듣고 있다가 사장과 이따금 중국어로 대화를 나눴다. 나이 든 남자는 마시던 맥주와 같은 것을 한 병 더 주문했고, 노트북으로 뭔가 작업을 하고 있던 턱수염도 가방에서 주섬주섬 충전기를 꺼냈다. 아 이거 빨리 안 토끼면 길어지겠는데, 하는 생각이 들었다. 이 밖에도 별 질문을 다 들었고(어디에서 묵는지, 이번이 첫 상하이 여행인지—묻지 않았지만 사장이 어디 사는지도 들었다—원래 직업은 무엇인지……) 그들은 궁금한 게 아직 많은 눈치였지만, 커피를 생각보다 빨리 마시기도 했고, 그 이상 질문에 시달리고 싶지 않아서 커피값을 치르고 나왔다. 어디서 자신감이 샘솟았는지 쌩긋 웃고 씨야! 하고 인사하고 나왔다. 그러고선 카페 안의 사람들이 더 이상 통유리창으로 날 볼 수 없을 만한 곳까지 걸어와 으 아 아 나 방금 너무 오글거렸던 거 같애 하며 몸을 꼬았다.

어디로 가야 하나 고민하면서 지도 어플을 켠 채로 신천지역 주변을 두어 바퀴 빙빙 돌았다. 프랑스 조계지 방향에 있다는 하와이식 생선요리집에 가고 싶기도 했지만(잡지에서 본 정보였다) 이상한 오기가 생겨서 전날보다 더 많이 걷고 싶다는 생각이 들었고(전날 2만 보 넘게 걸었다) 거기까지는 2킬로미터 넘게 걸어야 하는데 그건 좀 무리, 라는 생각이 또 들었고 1.5킬로미터 정도 걸으면 예원이라는 듯해서 그리 가기로 마음먹었다. 걷는 동안 폐건물, 자전거, 폐건물, 또 폐건물, 주차장, 크고 성한 가로수가 엄청 많이 늘어서 있는 도로, 폐건물, 장기 두는 사람들, 어덜트 토이숍, 캠페인용 풍속화 같은 것, 폐건물, 또 주차장, 그런 것들을 봤다. 자전거를 타는 사람들이 매우 많았다. 어플리케이션을 설치하면 누구나 사용할 수 있는 시스템인 것 같아서 한번 덩달아 타보고 싶은 생각도 들었지만 그렇게 간절하진 않았다. 걷는 사람은, 특히나 나와 같은 방향으로 나만큼 오래 걷고 있는 사람은 거의 없었고 예원/상해노가 500미터 전 외국인이라곤 나 하나밖에 없는 듯한, 엄청나게 허름한 시장통 길에 접어들어서야 걷고 있는 사람들을 좀 봤다. 여자들은 모두 양산을 쓰고 있었고 남자들 중 절반은, 특히 나이 든 남자들은 거의, 웃장을 반쯤 깠거나 아예 벗어 던진 채였다. 시장 길이 끝나는 지점에서 엄청나게 고약한 냄새를 맡고 입을 가릴 새도 없이 헛구역질을 했는데 그건 오른편에 있는 공중 변소에서 나는 냄새였다.

가는 길에 초등학교가 있었고 그 앞에는 다른 지역에서 한 번도 본 적 없는, 엄청 낡은 간판을 단 편의점이 있었다. '펑야오朋友'라는 이름이었던 것 같다. 초등학교 앞 구멍가게를 좋아하는 편인데(왜 그 가게를 처음부터 구멍가게라고 하지 않았냐면, 편의점의 기호들을 가지고 있었달지, 통유리 창과 입식 인테리어 설계와 편의점 특유의, 투 컬러 매치 디자인에 점포명만 간단하게 써 있는 간판 같은 것) 너무 지쳐서 빨리 목적지에 닿고 싶은 마음에 그냥 지나쳤다. 어린이 보호 구역 같은 곳을 지나 지도 어플의 지시대로 걸으니 고급스러워 보이는 아파트촌이 나왔다. 그대로 조금 더 걸으니 상해노가였다. 상해노가로 쭉 들어가면 예원이 나올 거였다. 신호가 바뀌길 기다리면서, 와 그럼 내가 방금 지나온 아파트에 사는 사람들은 마음만 먹으면 언제든 상해노가로 산책 나와서 이쪽 온갖 샤오츠를 사 먹을 수 있겠네, 이런 생각을 했다. 그렇지만 더 골똘히 생각해보니 인사동 주변에 사는 사람들이 인사동에서 파는 바가지 주전부리를 노상 사 먹진 않겠네 싶기도 해서 부러움이 조금 가셨다.

예원은…… 첫번 방문 때 조사했던 기억을 바탕으로 말하건대 예씨 성 가진 부자가 만든 인공연못 정원이고 그 후손이 나라에 정원을 기증했다고 하던가, 뭐 그랬던 것 같다. 지난번에 한번 예원 내부에 들어가봤는데, 중국 원조 부자의 스케일답게 넓고 볼거리가 짱짱했지만 다시 가고 싶은 생각은 별로 들지 않았다. 청심정인가, 당인가 하는, 예원 앞 못 가운데 찻집에서 야경을 기다리기로 했다. 여기서도 와이파이 비밀번호를 청하니 점원 한 명이 직접 비밀번호를 입력해줬는데, 카페 그라노 사장의 태도와 사뭇 다르긴 했다. 차는…… 도무지 한자를 읽을 수가 없어서 영어 설명에 'peony'가 적혀 있는 것 중, 사진이 제일 예쁜 것으로 골랐다. 두 시간…… 아니 세 시간? 《하이 상하이》를 읽거나 트위터를 하거나 난데없이 컨츄리꼬꼬 노래를 듣거나 하면서 시간을 녹였다. 해가 좀체 지지 않아 안달이 났다. 지금 보니 점원의 눈을 피해(왜냐, 수치스러우니까) 찍은 셀카도 두어 장 있다. 나오는 길에 내가 쓴 유리 찻주전자가 참 예뻤지, 살 수 있으면 살까 하고 가격을 물어보니 68위안이라고 했다. 그날 지니고 있던 돈으로 두 개는 살 수 있었지만 내가 과연 이걸 제대로 쓸까 싶은 생각이 들어 포기했다.

예원 앞 상해노가에는 왜인지 건담, 포켓몬, 디즈니 관련 (정품이 아닐 게 훤한) 굿즈를 파는 아니메샵이 있었다. 2년 전 처음 상하이에 갔을 때는 거기서 엄청 오랫동안 서성거렸는데 이번에는 뒷문으로 들어가 거의 곧바로 앞문으로 나오는 정도로, 별로 머물지 않았다. 그러고 보니 그전에 예원에서 어떤 코스튬 플레이어가 촬영 중인 것을 보기도 했던 게 기억났다. 그때는 추석 무렵이었고 추석은 중국에서도 큰 명절이고 보니, 주변의 인파가 어마어마했는데, 전혀 아랑곳하지 않고 공간을 확보해가면서 사진을 잘도 찍는 것이 인상적이었다. 나중에 알리 익스프레스에서 아무 물건이나 구경하다가 당시 모델이었던 그 여자 사진을 봤다. 실은 존나 많이도 봤다. 아 이분 유명한가 보네, 하는 생각이 절로 들었고(하기사 그런 인파 속에서 그런 관종 이벤트를 태연한 얼굴로 해내는 건 보통 깡이 아니고서야 불가능할 테고, 보통이 아닌 깡을 가지고 있다면 역시…… 보통은 넘게 유명해져야 마땅하겠지) 한편으로는, 거의 전부 불펌일 것 같은 사진들을 가지고 코스 용품을 파는 업자들의 뻔뻔함에 웃음이 났다. 하여튼 거기까지 생각하고 보니…… 예원은 상하이 오타쿠들의 성지 같은 곳 아닐까 하는 궁금증도 따랐고, 그런 생각들과는 별개로 눈물이 주륵 났다. 말하자면…… "저 책장 살 때 참 행복했는데"라고 중얼거리던 때의 모친의 마음을 이제 알 것 같다는…… 그런 느낌이었다. 더 쉽게 말해야 할까? 어마어마하게 외로웠다고.

해가 완전히 넘어가 불 없는 곳에서는 자기 손도 안 보일 만큼 어두워졌다. 상해노가에서 와이탄까지는 그리 멀지 않았다. 광장과 공원을 가로질러 와이탄 방향으로 걸었다. 횡단보도 앞 조금 넓은 빈터에서, 그 야밤에, 열 명 남짓한 중년 여성들이 간드러지고 뽕끼 있는 음악을 틀어놓은 채 춤 연습을 하고 있었다.

광장을 빠져나올 무렵 현지인 남자애 하나가 전속력으로 달려와 뒤에서 나를 받아버렸다. 한국어 욕을 내뱉었지만 남자애가 알아들을 리는 만무했다. 사과는 기대도 안 했지만 오히려 날 노려보고 가던 방향으로 다시 달려가는 꼴을 보니 좀 분한 생각이 들었다. 전날은 와이탄을 따라 내려가는 식이었다면 이날은 올라가는 방향으로 와이탄을 따라 걷게 됐다.

와이탄 맞은편에 꼭대기에 시계탑이 있는 건물도 있고 그건 15분마다 멜로디가 있는 종소리를 낸다. 그 소리를 한 세 번 들으면서 그 앞을 걸었던 것 같다. 멀리서도 시계 종소리가 들리긴 했는데 그 앞을 지나치는 데 적어도 15분, 지나쳐 들리지 않는 곳까지 가는 데 또 15분은 든 것이다. 사진을 찍느라 자주 멈춰 서긴 했지만 걸음이 아주 느린 편은 아닌 것 같은데 참 넓기도 하지, 하는 생각을 했다.

남경동로로 꺾이는 길에 가까워질수록 사람이 많아져서 또 좀 괴로웠다. 그래도 저녁은 먹어야지, 안 그래도 끼니 수가 줄어 신기하고 맛있는 거 먹으면서 감탄할 기회가 적어졌잖아, 그게 또 즐거운 일인데, 하여 전날 갔던 식당의 옆 블록을 기웃거렸다. 그쪽이 조금 더 식당이 많았다. 그중 어디를 갈까 재보기도 전에 좀 해사한 남자애가 호객을 하는 바람에 빨려들듯 들어갔다. 입구는 좁아 보였는데 안에 제법 큰 홀이 있는 식당이었고, 메뉴판을 보니 가격이 대략 전날 갔던 식당의 1.5~2배는 되는 것 같았다. 모든 메뉴의 사진이 나와 있었고 메뉴명과 재료가 영어로도 표기되어 있어서 속으로 아……

영어값…… 하고 탄식했다. 그러면, 그래도, 튀김 말리니까 튀긴 것 하나. 좀 되직하고 끈적한 국물 요리 하나. 해서 게살두부스튜인가 하는 것과 새우돼지고기 춘권을 주문했고, 주문하다 말고 즉흥적으로 콜라를 추가했고, 주문을 받던 점원이 밥 한 공기 안 하시겠냐고 해서 반사적으로 달라고 했다. 점원이 써준 전표를 가지고 카운터에 가 값을 치르니 메뉴명이 찍힌 번호표 같은 게 나왔다. 앉아 있자 점원들이 테이블을 힐끔힐끔 보며(왜 힐끔힐끔 보는 거야 대체, 라고 생각했다. 대놓고 보세요, 일이잖아요) 번호를 확인한 다음 들고 있던 요리가 내 것이 맞으면 내려놓고 지나갔다. 밥, 콜라, 스튜, 춘권의 순서로 나왔고 스튜가 나왔을 때 갑자기 점원들이 바닥 물청소를 시작했다. 어째서인지—아마 내 자리 주변이 제일 사람이 적어서겠지—내 자리 주변에서부터 청소가 시작됐는데 엄청나게 신경에 거슬리는 소리가 나는 솔로 바닥을 박박 문질러서 아무렇지 않은 척 밥만 먹기가 너무 힘들었고, 소리가 그 정도인데 나한테 물이 튀진 않을까, 팔다리나 옷 정도야 괜찮지만 밥에 튀면 좀 짜증날 것 같은데, 하는 생각이 들었지만 그런 걸 신경 쓰는 사람은 도대체가…… 나밖에 없는 것 같았다. 춘권은 맛있었는데 게살스튜는 조금 짰다. 오묘한 맛이긴 했다. 먹을 때마다 다른 맛이 나는 것 같은, 감칠맛이 있는데 그게 점점 혀를 마비시키는 종류는 아니고 (그러니까 인공적인 감칠맛이 아니라) 오히려 중첩되어서 자꾸 다른 맛을 느끼게 하는, 그런 맛이었는데 아무려나 짰다. 남기려니 좀 아까운 생각이 들었지만 싸달라기엔 그리 많이 남은 것도 아니어서 민망할 거 같았다. 배가 부르기도 했다. 그러면 조금만, 조금만 더 먹을까 하고 계속 집적거렸지만 그리 양이 줄지는 않았다. 이때 호객을 하던 남자 점원이 안으로 들어와 내 쪽을 뚫어져라 쳐다보며 걷다가 빈 의자에 부딪쳐 걸리며 와당탕 넘어졌다. 나도 그쪽을 힐끔힐끔 보고 있었는데 처음에는 와 아이돌처럼 생겼네, 다음에는 어 계속 쳐다보네, 마지막에는 아이고……였다. 민망했는지 걔는 일어나서는 다시 카운터 방향으로 후다닥 나가버렸다. 나도 슬슬 일어날까— 했고 그 즈음에는 이미 청소도 거의 끝난 참이었다. 그러고 보니 결국 내 주변만 청소를 해놔서, 뭐지 이거 초면에

이지메인가? 하는 생각도 안 드는 게 아니었다.

분명 배가 불렀지만 그 주변에 이것저것 사 먹을 만한 게 좀 있었다. 우선 청과상에 들러 자른 복숭아 한 팩을 샀다. 그리고 이곳저곳에서 많이들 파는 도자기 요거트를 사서 그 자리에서 먹었다. 손이 비어 있지 않아서 곤란했는데 눈치 좋게 점원이 뚜껑도 따주고 빨대도 꽂아줬다. 배가 엄청나게 불렀는데도 너무 달지도, 너무 시지도, 너무 되지도 않은 요거트가 맛있어서 순식간에 해치웠다. 과식했다 과식했어 되뇌면서 남경동로 뒷골목을 걸었다. 각종 요리 재료를 접시에 쌓아두고 주문이 들어오면 그 자리에서 볶거나 찌거나 튀겨 파는, 그러니까, 중국식 포차라고 하면 되려나, 그런 가게를 발견했다. 중국 온 김에 롱샤 한번 먹으면 좋겠다 싶었는데 마침 롱샤도 팔고 있어서 내일 돈 많이 남으면 가야지, 그런데 길이 기억은 나려나, 생각하며 지나쳤다.

남경동로 끝에서 사이트싱 미니열차를 탔다. 여름이어선지 천막으로 간이지붕을 만들어 단 오픈카 트레인이 많았는데 부러 그걸 기다려서 탔다. 가능하면 맨 앞자리에 타고 싶었는데 거기에는 딱 3인가족이 앉아서 아쉬운 대로 둘째 줄에 탔다. 요금을 치르고 가만히 앉아 있는 사이 중국인 가족이 와서 자기들끼리 어떻게 앉을지 의논하는 듯하더니 모녀를 내 옆자리에 앉히고 나머지는 뒤에 앉았다. 상하이로 올 때 내게 기대 졸던 여자애 생각이 문득 났다. 계속 주변을 기웃거리던 걸인이 첫째 줄부터 팔을 쑥 내밀고 굽신거리며 가까워왔다. 거의 바로 기사가 그를 제지했다. 그렇지만 걸인은 두 번 정도 더, 한 번은 뒤에서부터 왔다.

운행은 15분 정도 걸렸다. 이때도 "저 책장 살 때 참……" 생각이 났다. 그래서 지금 내가 뭐 하는 거지, 트라우마 재현 같은 걸 하고 싶은 건가? 나 안 그래도 DOT 많지 않아, 지금? 하고 자책하게 되었는데 그와 또 별개로…… 탈것을 타는 재미를 느끼고 있기는 했다. 놀이공원 미니열차나 도무지 다른 아무 데로도 갈 수 없는 회전목마, 그런 것의 순수한 '운동'에 집중하면 떠오르는 재미 같은 것.

내려서 별일 없이 부지런히 걸어 호텔로 돌아갔다.

트위터 유령 계정 어쩌구 하는 소리를 낮부터

봤는데 내 계정이 바로 그 유령이 되어 있었다. 뭐가 뭔지는 모르겠지만 일단 어플에서 시키는 대로 했다. 욕조에서 복숭아를 먹었다. 총 20,722보를 걸었고, 그건 전날보다 오히려 적은 걸음 수였지만 거리도, 평균 시속도 전날보다 많고 높게 나왔다. 보폭이 넓어졌나 봐, 플립플랍 때문인가? 하는 생각을 하면서 누웠다.

넷째 날

정말이지…… 너무…… 일어나기 싫었다. 조식 뷔페 생각이 아니었다면 결국 일어나지 못했을 거다.

지난 사흘간 내가 쓴 접시가 사실은 디저트 접시였고 제대로 된 식사용 접시는 훨씬 크다는 걸 알았다. 목적어 없이 배신감을 느꼈다.

피로가 도무지 풀리지 않아 한숨 더 잤다. 어릴 때 알던 남자애가 꿈에 나왔다. 깨어서도 한동안 꿈의 벼랑에 서 있는 듯이 개…… 어디 갔지 하고 어리둥절해했다.

나가고 싶지 않았다. 재작년부터 해온 대본 구성 외주 관리자 선생님으로부터 작업 잘되고 있냐는 카카오톡 메시지가 왔다. 중국이라 구글 드라이브를 사용할 수 없으니 파일 하나 따로 만들어서 보내주시면 감사하겠다고 답장한 다음 지금 나갈래, 일할래 자문하고, 마침내…… 일어났다. 가이드북을 잠깐 보고 상하이 대도서관에 가봐야겠다고 마음먹었다. 그날 쓸 돈을 챙기다가 여행 전 환전한 돈이 거의 반이나 남아 있다는 것을 알았다. 나 자타공인 물욕의 화신인데 어디 고장 난 거 아냐, 하는 생각을 하면서 면세 향수를 뿌렸다. 그러고 보면 별러왔던 것들은 다 면세로 샀고 면세 쇼핑을 할 때마저도 왜 이렇게 살 게 없지 하는 생각을 했으니 따지고 보면 그렇게 이상할 것도 없는 일이다.

양갈래로 머리를 땋아 올려 만두머리로 만들었다. 일전에 조를 만날 때 조가 "동정살해 옷 입었네"라고 했던, 허리가 아주 타이트한 서스펜더 플리츠 미니스커트를 입었다(내가 그게 무슨 의미냐고 묻자 조가 나중에 링크를 보내줬다. 동정sympathy이 아니라 동정virgin이었다. 덕력은 내가 더 높을 것 같은데 어째서 조는 그 말을 알고 나는 그 말을 모르는 걸까, 좀 자존심 상하는 일이었다). 화장은 하는 둥 마는 둥 했다. 이틀 연속으로 종일 렌즈를 끼고 있었더니—게다가 상하이는 미세먼지 농도가 제법 높은 도시라서—눈알이 아려서 그냥 안경을 끼고 외출하기로 했다.

전날처럼 슈퍼마켓 통로를 이용해서 지하철역으로 들어갔다. 상하이 대도서관 역까지는 20분 정도가 걸렸다. 전날 이용했던 와이파이를 또 쓸 수 있을까 했는데 와이파이 신호는 뜨지만 연결은 안 됐다. 모사익이라도 생각할까 했지만 심심할 때나 호출하는 건 무례한 일이라는 생각이 들었다. 모사익은 그런 걸 신경 쓸 사람이 아닐 것 같기도 하지만…… 내가 모사익에 대해 뭘 안다고.

음악이라도 들을까 했는데 하필 아이팟도 안 들고 나온 차였다. 손등을 만지작거리다가 〈캔디크러시소다〉를 켰다. 잠시도 가만히 있지를 못하네 하고 자조하면서 몇 주 전부터 막혀 있던 스테이지를 재수 좋게 깼다.

상하이 대도서관은 지금까지 본 대형 도서관 중 두 번째…… 아니다, 세 번째로 컸다. 제일 큰 도서관은 국립중앙도서관, 다음은 세종시에 있는…… 뭐더라, 아무튼 세종시에 있는 그거. 그 전까지 세 번째는 빅토리아 주립 도서관이었다. 필름 카메라를 꺼내서(아이팟은 두고 왔는데 필름 카메라는 챙기다니 뭐가 뭔지 모를 일이다) 도서관 외관 사진을 찍었다.

들어가서는 일단 오른쪽으로 갔다. 중국 현대작가전인가 하는 어떤 전시회 준비가 한창이었다. 서점 겸 선물 가게가 있었고 지하 식당으로 이어지는 계단도 있었다. 서점 구경을 조금 하고 나와서 로비 중앙 데스크로 갔다. 도서관 회원증을 만들 작정이었다. 멜버른에 살 때 만든 것도 여전히 가지고 있다. 로비 데스크 앞에 있는 컴퓨터를 이용해 가입 원서를 작성한 다음 데스크에서 여권을 보여주면 되는 모양이었다. 중간에 뭔가 잘못 입력했는지 계속 오류가 나서 도서관 직원을 불러 해결했다. 대여 가능한 회원증을 원하는지 열람실 출입만 해도 좋은지 묻기에 난 여행자니까 후자가 좋겠다고 했다.

회원증을 받아 들고 에스컬레이터를 타고 위층으로 올라갔다. 가이드북에 외국어 도서도 많다고 나와 있긴 했지만 책을 쥐면 시간을 많이 쓰게 될 것 같았고, 그냥 도서관 구조나 보아둘까, 그게 무슨 이득이 되는 건 아니겠지만, 뭐 그런 생각을 했다. 2층은 그냥 고개를 휙휙 돌려 양편을 보는 것으로 넘기고 3층에 올라갔는데 왼쪽에 고서적 열람실이 있길래 그쪽으로 가봤다. 중국 고전에 대해 뭐 잘 아는 건 아니지만 혹시 『산해경』이라든가 『서유기』라든가 뭐 그런 내가 알 법한 책 중 좀 오래된 판본이 소장되어 있을지도 모르잖아 하고 신이 났다.

고서 열람실 앞은 유리 쇼케이스 속에 고서적을 보관해둔 전시 공간이라 한번 둘러볼 만했는데 가까이 가서 보니 대부분이 복제본이었다. 어차피 무슨 책인지도 모르는데 복제본이면 어떻고 원본이면 어쩔 거야, 하고 말았다. 너그러움보다는 심드렁함에 가까울 마음이었다. 그때 구석에 앉아 있던 장년의 남자와 눈이 마주쳤다. 남자는 인디고색 야구 모자를 쓰고 있었고, 날 발견하고는 돌연 만면 미소를 짓더니(그때는 나도 웃고 있었다), 계속 눈을 과장되게 꿈뻑이고 입을 벌렸다 다물었다 했다. 잘은 모르겠지만 저건 날 애 취급하는 거구나, 그건 알겠다 하는 생각이 들었고 전시물에 흥미가 있는 척 눈을 돌렸다가, 혹시 아직도 날 보고 있나 슬쩍 봤다. 과연 그는 아직도 날 보고 있었고 눈이 마주치자 또 꿈뻑, 합죽, 했다. 착각이 아닌 걸 안 순간 피가 식는 듯한 느낌이 들어 속으로 아 씨발 뭐야 미친 노인네 아니야, 하면서 잽싸게 고개를 돌렸다. 이런 일이 네댓 번 반복되었고 그때마다 내가 오늘 좀 멋대로 하고 나오긴 했지만 저런 식으로 애 취급하면서 개수작 부릴 일인가……? 저거 페도 새끼 아냐……? 뭐 이런 생각까지 들었다. 달아나듯 열람실 쪽으로 뛰어갔는데 열람실에는 승인된 연구생들만 들어올 수 있다고 해서 남자가 내게 다가오는 것을 막을 수 없었다. 돌아보니 남자가 이미 내 뒤에 바싹 와 있었고 입을 벌려 중국어로 뭐라 뭐라 떠드는 그 누런 이를 보면서 아 씨발 아 씨발 아 씨발 하고 경을 외듯 속으로 욕을 했다. 그럼에도 웃으면서 파든 미? 아임 포리너. 라고 했지 겟아웃오브마이사이트 앤

퍽유어셀프라고 하지는 못했다. 남자는 내가 영어로 대답하자 좀 미심쩍은 표정을 지으며 오……라고 하곤 내 팔을 툭툭 건들면서 손을 쥠쥠 쥐어 보이더니 갔다. 이런 씨발 진짜.

어쨌든 이 정도로는…… 무슨 일이 있었다고 하기는 애매하지…… 아무 일 없었다, 내게는…… 그렇지만 이 엿 같은 기분은 분명히 있었던 어떤 일에서 비롯된 것인데……

그런 생각도 들었고.

하지만 이런 생각들은 거의 순간이었고 어떻게든 정신을 다잡아야 했다. 평소에는 그게 잘 되지 않는데 여행 중이라서, 시간이 아까워서 그런지 금방, 이동이 가능할 만큼은 정신을 차릴 수 있게 됐다. 그러나 걸으면서도 얼마간은 아까 있었던 일에 대한 생각에 사로잡혀 있었다.

꼭대기 층으로 올라가는 계단에서 도서관 뒤편 정원을 봤다. 공자를 새긴 것으로 추정되는 석상이 서 있었고 그 옆에 '구지求智'라고 모양을 내 깎은 정원수가 있었다. 별안간 보인 그 광경이 아무렇지 않게 닮아서 기분이 묘했다.

이제 슬슬 나갈까 하고 지하 식당에 가봤다. 계단 내려가는 길에 친구의 트위터 프로필 사진(마네의 〈피리 부는 소년〉)이 보여서 피식 웃었다. 지하 식당은 저렴한 가격에 차와 케이크를 파는 조그만 카페와 뷔페식으로 운영되는 급식소로 구성되어 있었다. 벽에 붙어 있는 드로잉들이 마음에 들어 사진으로 찍어뒀다. 식당 통로로 나와서 지하철역으로 갔다.

3호선인가, 로 갈아타고 시 외곽으로 제법 오래 달려나갔다. 한산하고 집값이 비싸지 않을 것 같은 동네에서 내렸다. 교외 지하철역들은 가끔 그런 식으로 개방형에 좀 간이 기차역 같은 느낌으로 조성되어 있는 경우가 있지, 하는 생각을 했다. 창동역 1호선 승강장이나 파주 쪽 지하철역들, 또…… 백마고지역이랑 구조나 느낌이 비슷했다. 이때 지하도에서 불쑥, 엄청 키가 크고 마르고 모두 머리가 백색에 가까운 금발인 슬라브계 백인 여자애 다섯 명이 나왔고, 거의 틈 없이 그중 제일 키가 큰 애가 나를 내려다보며 지하철 타는 법 아냐고 물었다. 바로 여기가 지하철역인데, 하고 가리키니 오, 하고 다시 지하도로 들어갔다. 뭐야 왜 당연히 내가 알 거라고 생각하는 거지, 하고 한발 늦게 부아가 났다. 아무렇게나 걷다가, 나야말로 그 지하도를 건너야 목적지에 갈 수 있다는 걸 또 뒤늦게 깨달았다.

지하도를 거쳐 나간 맞은편에는 버스 터미널이 있었다. 처음 상하이를 여행할 때 주가각이라는 인근 수향 마을에 갔었는데 그때 그 동네 버스 터미널이랑 꼭 닮았네, 라고 생각했다. 언제부터인지 낯선 곳에서 내가 아는 장소와의 유사성을 찾는 습관이 생겼다. 나름대로 스스로를 보호하려는 무의식적인 노력 같기는 한데 정확히 어떻게 기능하는지, 얼마나 효과가 있는지는 잘 모르겠다.

육교를 건넌 다음 망설임 없이 편의점에 들어갔다. 복숭아 자스민 아이스티를 사 들고 쪽쪽 빨면서 식물원으로 가는 대로변을 부지런히 걸었다. 가로수가 전부 아주 크고 튼튼하고 잎숱이 많아 과연 식물원 근처구나 하는 생각이 들었다. 담배를 피우면서 길 건너편을 보니 보건소였고 나를 뚫어져라 쳐다보면서 지나간 손녀와 할머니가 길을 건너 그 보건소로 가고 있었고 모든 것이 조화롭고 질서 있고 아름답다는(습도가 너무 높은 게 흠이었지만) 생각에

뭔가 이상하게 텅 비어가는 느낌이 들었다. 가는 길에 개를 많이 봤다. 목줄 없이 자유로이 돌아다니고 있었는데 주인이 없는 개들 같지는 않았다. 유치원도 있고 무슨 커뮤니티 센터—아마도 동사무소—같은 것도 있었다. 참 규모 있게 앙증맞은 동네네, 하면서 사진을 찍다가 핸드폰 배터리를 다 써버렸다. 내장 배터리 효율이 거의 끝장나서 그간 보조 배터리로 간신히 버텨왔는데 그것도 엥꼬가 난 것이었다. 멘탈이 너무 타격을 받아서 직접 물리적인 충격을 받은 것처럼 착각될 정도였는데(세간에서 쓰는 "뒤통수를 얻어맞은 듯" 뭐 이런……)(겨우 핸드폰 못 쓰게 된 일로 이렇게까지 충격받는 자신이 한심해서 2차 데미지)(그래, 사소한 거라고 친다면 이 사소한 것도 관리 못한 건 더 바보 같은 일이라 3차 데미지) 아냐 괜찮아 디카 있어 필카도 있어 식물원 들어가서 자전거 실컷 타면 기분이 나아질 거야…… 돌아가는 길도 아니까 핸드폰 없어도 어떻게든 버틸 수 있어…… 이렇게 생각하면서 식물원

방향으로 걸었다. 다행히 그 지점에서는 이미 식물원 입구가 육안으로 보였다.

마침 아까 산 복숭아 자스민 아이스티를 다 마셔서 입구에 서 있는 직원에게 혹시 쓰레기통 없냐고 물어봤는데 계속 고개를 저었다. 그럼 안에 들어가서 버려야지 하고 티켓 판매 창구로 갔는데 아무도 없었다. 아까 그 직원은 계속 나를 보고 고개를 흔들고 있었다. 그러고 보니 지금 몇 시지? 안쪽에 걸려 있는 시계를 보니 다섯 시가 좀 넘은 참이었다. 그렇지만 하계에는 일곱 시까지 운영한다고 들었는데…… 도무지 믿을 수 없는 상황이라 아까 그 직원을 또 쳐다봤는데 이제는 숫제 양팔을 교차시켜 가위표로 만든 채로 고개를 젓고 있었다. 닫혔다는 거지? 하고 물어보니 그는 티켓 창구 위편에 있는 개장 시간표를 가리켰다. 개장 시간은 다섯 시까지가 맞았다.

여러모로 바보 같아서 입을 꾹 다물고 왔던 길을 되돌아갔다. 돌아가는 길은 올 때보다 더 수월하게 느껴진다. 처음 가는 길은 시각 정보가 많아서 멀게 느껴지고 그 길을 다시 가면 중복 시각 정보가 어느 정도 생략되어서 짧게 느껴진다는 토막 상식을 떠올렸다. 가는 길에도 개 몇 마리를 봤다. 아까 그 개가 아니네 하고 사진 몇 장을 찍고 지나쳤다. 아까 멈춰 서서 담배를 피웠던 곳에 다다라 아이스티 용기를 버리고 계속 걸어서, 또 육교를 건너서, 버스 터미널을 거쳐서, 지하철을 탔다. 그곳에서는 사람이 직접 승차권을 팔고 있었다.

올 때는 10호선, 3호선 환승으로 왔지만(남경동로역은 2호선과 10호선이 다니는 환승역이다) 가는 길은 3호선, 2호선 환승으로 가보기로 했다. 별 의미는 없지만 조금이라도 여정에 변화를 주고 싶었다. 3호선 안에서는 거의 아무 생각이 없었다. 그냥 계속 앞만 보고 있었고 아무 생각도 안 해서 뭘 봤는지도 기억이 안 난다. 어디서 내렸더라, 기억이 잘 안 난다. 그냥 2호선 환승역이라고 해서 내렸는데 환승 통로 계단 주변에 뜬금없이 가챠 머신이 여러 개 놓여 있어서 그냥 슬쩍 봤는데 세일러문 가챠가 있었다. 잔돈 있는 만큼 환전해보니 두 개를 뽑을 수 있었다. 하나는 제법 뽑은 보람이 있었고 하나는 이걸 버릴 수도 없고 어떡하냐 싶은 물건이었다. 그대로 다 가방에 쑤셔 넣고, 다시 걷는 것밖에 할 줄 모른다는 태도로 걸었다. 실로 그러했다.

남경동로를 빠져나와 와이탄에서 외백도교까지 걸어오는 동안 그냥 죽을까 지금, 하는 생각을 떨치기 어려웠다. 죽기 너무 좋은 도시였다. 외백도교는 그다지 안전장치도 없어서 그냥 포강을 향해 넘어지면 죽을 수 있을 거였다. 만약 구출된다고 해도 강물이 구정물이라 병사할 수 있을 것 같았다. 이런 식의 충동이 들 때마다 나를 살린 건 막 나를 사랑하는…… 나를 필요로 하는…… 뭐 그런 존재들에 대한 생각보다는(그런 것이 없다고는 할 수 없지만) 죽음의 감정적 동기로 지금 이건 좀 사소하지 않을까 하는…… 자존심 같은 거였다. 그걸 생각하니 스스로가 더 하찮으면서도 친밀하게 느껴졌다. '으이구 등신아ㅎㅎ' 하는 마음.

해가 지려면 아직 멀었는데…… 하며 누운 다음 지금 자면 안 되는데…… 하며 잠들었다. 헉, 얼마나 잔거야? 하고 몸서리치면서 일어났는데 30분 정도 지나 있었다. 아침에 부탁했던 파일이 와 있어서 일을 조금 하다가, 이거 의외로 오래 걸리겠네 생각하다가, 돈도 많이 남았는데 지금 이게 무슨 궁상이야 하면서 밖으로 나갔다. 핸드폰은 충전 중이었기 때문에 대신 아이패드를 챙겼다.

그러니까 일단 나오긴 했는데 뭘 하지. 호텔 앞에서 담배를 피우면서 생각했다. 전날 발견한 롱샤집에 가보기로 했다. 전날은 여기 다시 찾아올 수 있을까 불안했는데 가는 길을 심상지도로 떠올려보니까 놀랄 만큼 단순한 루트가 있었다.

가게 앞에 쌓인 롱샤를 가리켰더니 주인 여자가 중국어로 무슨 말을 막 했다. 웃으면서 팅부동…… 이라고 하자 여자는 남편인 듯한 사람을 데려와 주문을 받게 했다. 롱샤 얼마냐고 묻자 식스티―인지 식스틴―인지 헷갈리는 발음으로 말하기에 아이패드 계산기에 60을 쳐서 보여주니 남자는 오케 오케 하며 웃고, 맵게? 안 맵게?를 묻고, 먹고 갈 건지 포장해 갈 건지도 물었다. 덜 매웠으면 좋겠고 먹고 가겠다고 하니 주인 여자가 나를 2층으로 데리고 올라갔다. 임시정부 건물처럼 계단이 좁고 가팔랐고, 튼튼하지는 않아서 삐걱거리는 소리가 엄청 났다.

2층은 전혀 넓지 않은 홀이었고 2인 테이블 두 개, 4인 테이블이 하나 정도 있었다. 전부 자리 임자가 있어서 어디 앉으라는 거지 했는데 문 가장 가까운 쪽에 앉아 있던 허름한 차림의 중년 남자가 큰 소리로 뭐라 뭐라 하며 일어났다. 앉으라는 뜻인 것 같았다. 일어나면서 스치듯 본 그의 왼팔에는 손이 달려 있지 않았다. 얼마나 깔끔하게 잘린 건지, 아니 선천적인 것인지, 팔목의 뼈 끝 모양이 마치, 만화에 나오는 뼈다귀 모양처럼 분명했다. 잠시 뒤에 내게 롱샤를 갖다 준 사람도 바로 그 손 없는 남자였으니, 눈치상 가족이 운영하는 듯한 그 식당의 큰 어른 정도 되는 모양이었다.

앉아서 메뉴가 나오길 기다리는 동안 이웃 테이블 사람들이 날 조금씩 힐끗거리는 듯싶더니 곧 자기들의 화제로 돌아갔다. 가까이에 앉아 있는, 운전기사로 추정되는 남자 하나는 오른손으로 잔을 쥐고 있었는데 손등 마디마디마다 흰 버섯 같은, 그러나 단단해 보이는 어떤 돌기가 여러 개 튀어나와 있었다. 보려고 본 건 아니지만 발견하고 보니까 저게 뭐지 싶어서 무심코 오래 쳐다보았는데 다행히 손의 주인은 눈치채지 못한 것 같았다. 그 뒤편 4인 좌석에는 레즈비언 커플로 추정되는 여자가 둘 앉아 있었다. 내 쪽을 마주보는 방향으로 앉아 있는 부치가 엄청 잘생겨서 또 나도 모르게 자꾸 쳐다보게 되었다(귀국한 다음 처음 보았을 때 산언니와 혜언니에게 이 얘기를 들려주었더니 산언니가 "되게 현실감 없는 공간이었겠다" 이런 말을 했다. 실로 그러했다). 그런 한편 나 또한 그들에게 구경거리인 형편이었으므로(분홍색 양갈래 만두머리에 어딘지 유아적인 차림새를 한 외국인……) 막 쳐다본 게 그렇게까지 미안하지는 않았다.

내 몫의 마라룽샤가 나오고 좀 먹기 시작했을 때부터는 위에 언급한 사람들이 나를 염치없이 쳐다보는 형편이 되었다. 어릴 때 혼자 조기를 발라 먹는 나를 외가 어른들이 다 진귀한 구경거리처럼 봤다는 얘기가 생각났고 룽샤가 너무 맛있어서 시선이 크게 신경 쓰이지도 않았다.

룽샤는 적어도 내가 알기로는 중국에서만 먹을

수 있는 것이고, 몸통보다 머리가 큰 민물 가재다. 머리는 잘못 먹으면 흙 맛이 나지만 흙 맛이 나는 부분을 빼면 게 속처럼 고소하면서 양념이 잘 배는 살이고, 몸통의 살은 적지만 갑각류 특유의 탄성과 맛이 아주 잘 살아 있다. 주변에 나는 새우 애호가로 알려져 있지만 새우냐 롱샤냐 하면 롱샤 편이다. 자주 먹을 수 없는 게 흠이지.

마라향 때문에 이따금 코를 훌쩍이면서도 왁왁 퍼먹었다. 홀 안의 사람들은 내가 롱샤 한 네댓 마리까 먹는 동안 멍하니 내 쪽을 보고 있다가 곧 다시 서로의 일행에게 주의를 돌렸다. 왼손 없는 중년 남자가 다시 와서 알아들을 수 없는 말을 막 하길래, 그게 무슨 말인지는 내겐 별로 상관없다는 마음으로, 재떨이와 맥주를 달라고 했다. 애쉬 트레이. 애쉬 트레이. (담배갑을 보여주며) 애쉬 트레이! 그걸 보고 있던 맞은편 (손에 흰 돌기가 있는) 남자가 중국말로 뭐라 뭐라 했고 중년 남자는 그제서야 알아들었다는 듯이…… 다른 테이블에서 쓰던 재떨이를 가져왔다. 그 광경을 보며 다른 사람들이 낄낄 웃었다. 그러고도 또 뭐라고 하길래 맥주를 달라고 했다. 이건 중국말을 분명히 알고 있어서 피-주, 라고 주문했다. 그랬더니 왼손 없는 남자가 박장대소를 하고 또 빠르게 뭐라 뭐라 했는데 어디까지나 내 주관적인 느낌이지만 아무래도, 너, 맥주 먹어도 되냐, 애새끼 아니냐 한 것 같았다. 팅부동…… 하고 하하 웃는 것 말고는 별수 없었다. 왼손 없는 남자는 오른손을 휘휘 내젓더니 저걸 줄까, 저걸 줄까 하는 듯이 양쪽 테이블을 번갈아 가리켰다. 그러고 보니 남자들이 앉은 테이블에서는 연두색 라벨이 붙은 맥주를, 레즈비언 커플이 앉은 자리에서는 빨간색 라벨이 붙은 맥주를 마시고 있었다. 빨간 걸 달라고 했더니 남자가 1층으로 내려갔다가 다시 올라왔는데 알고 보니 그 빨간 맥주는 버드와이저였다. 버드와이저…… 뭐 하러 내가 중국까지 와서 버드와이저를 마신담. 그렇지만 딱히 주문을 바꿀 기백이랄까 에너지랄까, 아무튼 그런 것이 없어서 그냥 마시기로 했는데 히야시가 존나 잘되어 있었다.

사실 그전까지 어느 식당에서 콜라를 마셔도, 백화점 지하 대형 슈퍼에서 맥주를 사도, 아주

시원하게 마시지는 못한 참이었다. 내내 이게 작은 불만이었는데, 어딜 가도 대체 냉장고 성능이 시원치가 않은 것 같았다. 에어컨은 그렇게 빠방하게 틀면서. 호텔 냉장고에 넣어둔 아이스팩조차, 3일 넘게 보관 중인데도 도통 얼 기미가 보이지 않았다. 그런데 그런 수상쩍고 조그마한 가게에서 먹은 아무 맥주가 그렇게 시원하고 맛있을 일인지…… 정말 이상한 곳이라는 생각을 떨칠 길이 없었다.

먹는 사이 남자들이 갔고, 조금 지나서 레즈비언 커플도 일어났다. 접시에 내 음식이 반의반 정도 남았을 즈음 홀에 혼자 남게 되었다. 지금 이걸 싸달라고 해서 호텔에 가져가서 먹는 건 무리겠지, 생각하고 그냥 그 자리에서 해치우기로 했다. 맥주 큰 거 한 병에 똑 떨어지게 다 먹고 이상한 충족감을 느꼈다.

오래 앉아 있을 필요 있나 싶어서 그냥 내려갔다. 맥주 한 병에 10위안이라고 했다. 세 병쯤 더 마셨어도 괜찮았겠다 싶었지만 이미 배가 불렀다. 계산할 때도 처음 주문을 받았던, 영어를 좀 할 줄 아는 남자가 돈을 받았다. 남자는 거스름돈을 준 다음 담배 피우냐고 묻더니 다짜고짜 자기 담배를 하나 꺼내서 내 손에 쥐어주고 불을 당겼다. 그러곤 자리를 내주며 앉아서 피우고 가라고 했다. 이것저것 질문도 받았는데 피곤해서 웃고 단답만 했다. 내가 담배를 다 피우자 남자는 옆에서 끓고 있던 솥에서 옥수수를 하나 꺼내 밥공기에 담아서 줬다. 대체 이게 무슨…… 뭐지? 생각하면서도 잠자코 먹었다. 옥수수를 다 먹었을 때는 남자는 없었고 처음, 내가 가게에 들어오기 전, 제일 먼저 말을 붙였던 여자만 있었다. 여자는 나와 눈이 마주치자 이리 오라고 손짓하더니 싱크대 앞에서 손을 씻는 시늉을 했다. 사실 거긴 주방이라기보다 정주간 같은 느낌이 강했는데 아무려나 어리둥절해하면서도 손을 씻었다. 여러모로 이상한 경험이라서 여기 사진 찍어도 되냐고 손짓과 시늉으로 물어봤더니 고개를 끄덕여서 사진도 찍었다. 나가려는 찰나에 영어를 할 줄 아는 남자가 나타나 또 오라는 말을 하며 너털웃음을 지었다.

롱샤집에서의 일을 생각하며 계속 피식피식 웃으며 걸었다. 딱 한 병이었지만 날씨도 덥고 해서

술기운이 제법 기분 좋게 올라와, 좋아 남은 돈 마저 쓰러 가보실까 하는 호기로운 기분이었지만 오며 가며 봐뒀던 치파오는 사이즈가 없어서 못 사게 됐고 그것 말고는 딱히 탐나는 게 없어서 망했다.

그즈음은 이제 가게들이 다 문을 닫아가는 때였다. 호텔로 돌아가는 길에 도자기 요거트를 하나 사 먹었다. 이 가게에서도 전날 들렀던 곳처럼 뚜껑을 열고 빨대를 꽂아줘서 이거 원래 이런 서비스가 포함되어 있는 가격인가 싶은 생각이 들었다.

돌아가서는 침대에 엎드려 잠깐 일을 하다가, 아 이게 아닌 것 같아 싶어 마지막 욕조 목욕을 한 다음 다시 엎드려 일을 했다. 엎드린 채 한쪽 다리를 높이 끌어 접은 이상한 자세로 잠이 들었다.

다섯째 날

모사익 꿈을 꿨다. 아무 내용도 없었고 그냥 꿈이 모사익이었다.

조식 먹고 올라와서 일을 더 했다. 열한 시 무렵에야 마무리지어 메일로 보냈는데 한국은 점심시간이겠네 하는 별 의미 없는 생각이 들었고, 그때부터 짐을 부지런히 쌌지만 한 시 무렵에야 체크아웃 할 수 있었다. 지하철 2호선은 상하이 중심부에서 푸둥공항으로 가는 가장 느리고 저렴한 루트인데 나는 또 남는 게 시간이라 지하철 2호선을 탔다. 가는 길에 올레Ole에서 지난 며칠간 계속 들었다 놨다 했던 모리나가 드롭스랑 린도 초콜릿을 샀다. 카운터 주변에 식완 건전지 선풍기도 있었는데 그것도 하나 사봤다. 올레 바로 앞이 릴리안 베이커리였지만 에그타르트는 살까 말까 망설이다 결국 사지 않았다. 2호선을 타고 쭉 가다가 다른 2호선으로 환승해야 했다. 그냥 캐리어를 끄는 사람들을 따라가니 어떻게든 되었다. 공항에 도착해서도 남은 위안화를 쓸데가 없으려나 여러 군데 기웃거려 보았지만 별것 없었다. 출국 수속을 일찌감치 마무리하고 흡연 공간을 찾아다녔는데 그 넓은 공항에 딱 한 군데밖에 없는 것 같았다. 지니고 있던 라이터 세 개를 모조리 압수당해서 흡연 공간 공용 라이터를 썼다. 불이 나오는 수도꼭지 같네, 라는 생각을 했다. 다섯 시쯤 비행기를 탔고, 시차 때문에 한국에 도착하니 여덟 시 무렵이었다. 이날은 내가 아카데미에 제안한—권김현영 선생님을 모시고 하는 페미니즘의 기초—세미나를 하는 날이었는데 막상 내가 참석 못하게 되어서 기관 담당자나 좀 친해진 다른 연구생들로부터 조금 놀림을 받기도 했다. 인천 도착할 무렵, 지금쯤 세미나 끝났겠네, 하는 생각이 들었다는 얘기다. 지면에 바퀴가 닿자마자 핸드폰을 켜봤는데 음성 메시지는 없었다. 여행 내내 답장을 하지 않던 친구에게 귀국했다는 메시지를 보냈으나 역시 답장이 없었다. 모친과 통화를 했고, 트위터와 카톡으로 귀국 사실을 알렸다. 갑자기 여행을 되게 잘 갔다온 것처럼 느껴졌다. 이유는 잘 모르겠고.

어디 들르거나 한 것도 아닌데 집에 도착하니 열한 시였다. 룸메이트가 언니, 여덟 시쯤 한국 왔다고 하지 않았어요? 하고 놀렸다. 그러게, 젠장, 나 대체 뭐 한 거야? 왜 이렇게 됐지? 하고 별수 없이 웃었다.

월기

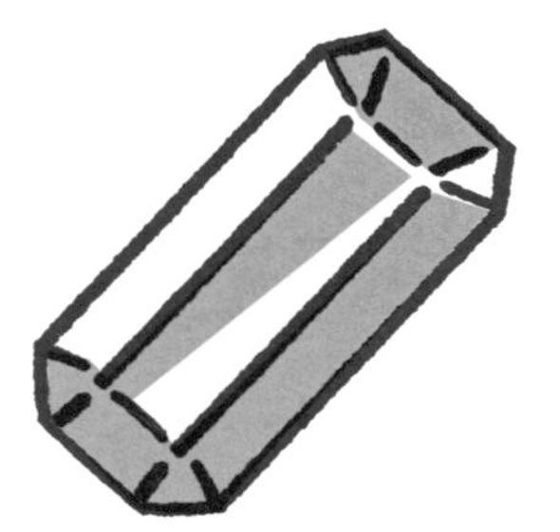

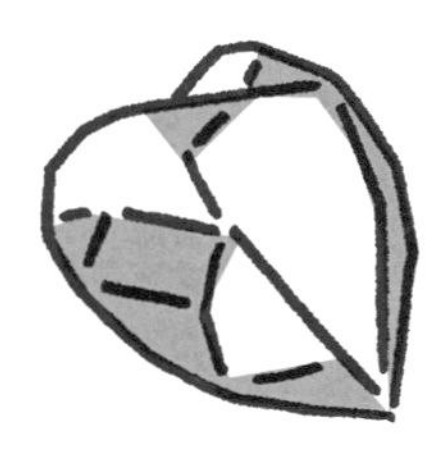

부분적 시간 여행

2020년 1월 2일

며칠 전에 제법 이상한 얘기를 들었다. 12월 28일인가 29일인가, 그 사이 심야였던가, 좌우당간에 신년이 되기 며칠 전의 일이었다. 날짜가 중요한 얘기라서 애매하나마 날짜를 밝히는바…… 사실 중요한 부분은 일시 자체보다는 그게 2020년 1월 1일이 오기 전에 있었던 일이라는 점을 명확히 하는 것이다.

조건을 건 것에 비해서 이게 별로 이상하지도 재미있지도 않은 이야기면 어쩌지? 하는 불안이 슬슬 들기 시작했으니 어서 말을 해야겠다……. 요약하면

모 신문사 신춘문예 당선작 소개 페이지에 들어가 url에서 연도를 나타내는 숫자를 20으로 고치면 2020년 당선작을 볼 수 있다는 이야기였다. 그러니까 내가 이 이야기를 들은 28일 또는 29일 시점에서 말하자면, 사흘 또는 이틀 뒤 밤에 밝혀질 사실을 미리 알 수 있었던 것이다.

사실 신춘문예의 운영 방식이나 웹 사이트 url에 대한 이해를 조금이라도 갖추고 있는 사람이라면 그게 뭐?라고 할 법한 일이다. 신춘문예 공모를 실시하는 신문사는 대체로 11월 중하순 공모를 시작해 12월 초순에 마감하고 그로부터 10일에서 2주 사이 심사를 완료한다. 심사 완료 시점에 거의 바로 당선자에게 통보가 전해진다. 특별한 사유가 없는 한 당선자는 20일에서 25일 사이 본인이 당선되었다는 사실을 알게 된다. 그래서 신춘문예 당선은 때때로 크리스마스 선물에 비유되기도 한다. 늦으면 27일에서 28일 사이 당선 통보가 전해지기도 하는데, 다른 곳에 비해 공모 마감이 사흘에서 닷새 정도 늦은 신문사들의 경우가 보통 그렇다.

신춘문예 당선작의 url이 부여되는 방식이야 뭐……

http://신문사홈페이지도메인.com/신춘문예/연도/장르

대충 생각해도 이런 형식이 되지 않겠는가. 물론 신춘문예 당선작 페이지를 따로 운영하는 경우에만 해당하는 이야기다. 보통은 신춘문예 심사평과 당선작과 당선 소감 및 인터뷰를 모두 '문화' 또는 '기획' 카테고리에 넣어 자체 기사로 소화하기 때문에 이런 방식으로 url을 유추하기는 어렵다.

정리하면 이렇다: 2020년 당선자가 이미 결정되고 당선작 공개 페이지 또한 개설되었으나 '2020년 당선작' 링크 버튼은 아직 존재하지 않는 시점에, url을 살짝 고치면 이틀 또는 사흘 뒤 공개될 당선작을 미리 볼 수도 있었다. 심사위원과 당선자와 당선자 주변 사람들과 신문사 사람들, 특히 페이지를 개설한 사람이 벌써 알고 있는 당선작을.

자세히 말할수록 김이 새는 느낌이지만 이 얘기를 처음 들었을 때는 부분적으로나마 시간 여행을 경험하는 것 같은 작은 흥분이 있었다.

이 이야기의 가장 중요한 전제는 내가 작은 우회를 통해 방문하려는, 일반에는 아직 공개되지 않은 웹 사이트가 이미 개설되어 존재해야 한다는 것인데, 그것은 '이미 결정되어 있는 미래'의 엄청나게 직접적인 메타포처럼 느껴지니까.

한편 이 이야기를 듣고는, 예전에 네이버 웹툰을 보다가 좀 이상한 댓글을 본 기억도 났다. 내가 그 웹툰을 보던 시점에는 그것도 이미 좀 지난 작품에 속했던 기억이 나는데(안타깝지만 정확히 어떤 작품의 몇 화였는지는 기억나지 않는다) 그로부터도 대략 5~6년 전에 달린 댓글이 있었던 것이다. 내용은 매우 간단했다. 하하, 헐, 뭐 그런 식의, 웹툰 내용과 관계가 있는 것 같기도 하고 완전히 별개인 것 같기도 한. 그 댓글 다음에 달린 몇십 개의 댓글은 웹툰 내용이 아니라 그 댓글을 보고 놀랐다는 얘기를 쓴 것이었다.

그 댓글 또한 네이버 웹툰 댓글 창의 고유 url이

부여되는 방식을 유추하고 (작성 당시에는) 조금
먼 미래로 예상되는 어떤 시점의 주소를 입력한
상태에서 쓴 글이었을 것이다. 문제의 댓글 작성자가
앞으로 그 주소에 어떤 웹툰이 연재될지, 그 내용이
어떨지 알고 그런 댓글을 썼을 것이라는 생각은
아무래도 들지 않는다. 그는 그저 부분적으로 시간
여행을 하고 싶었을 것이고, 그의 부분적 시간 여행이
성공했다는 사실을, 그 자신 또한 아주 나중에야
확인할 수 있었을 것이다.

결론이랄 게 딱히 없는 이야기지만 이렇게 말할
수는 있을 것 같다. 아 사람은, 아니 적어도 나는, 시간
여행의 서사적 힌트만 봐도 이렇게 흥분할 수가 있는
존재구나.

대충 그런 얘기다.

사적 트리비아

2020년 2월 4일

모 인터넷 서점 칼럼에서 지금 읽고 있는 책에 대해 써달라는 요청이 와서 간단하게 써서 보내면서 진 웹스터의 명저 『키다리 아저씨』에 대한 생각을 했다. 처음 『키다리 아저씨』를 접한 건 초등학교 2학년 때, 도서관에 있던 B5판형의 만화 버전이었던 것으로 기억한다. 어느 출판사의 어떤 작가 작품이었는지는 기억나지 않는데, 저비스 펜들턴 씨를 금발의 어깨 넓은 미남으로, 지미 맥브라이드를 샐리와 같은 흑발의 미소년으로 그려두었던 것은 생각이 난다. 펜선의 두께와 명암

조절이 자유자재인 그림체였던 것으로 기억되어 아마 이희재 선생의 작품이 아니었나(비슷한 시기에 『만화로 보는 나의 라임오렌지 나무』를 본 것도 기억에 영향을 미쳤을 것이다) 막연히 짐작하고 있었는데, 지금 검색해보니 아니었던 모양이다.

이후 초등학교 4학년, 5학년 될 즈음 부모님 친구 댁 자녀 책장에서 〈능인 만화로 보는 세계 고전〉 시리즈 중 한 권으로 다시 한번 『키다리 아저씨』를 만났다(그렇습니다. 저는 남의 집에 놀러 가도 사람과 놀기보다 책장을 노리는 타입이었던 것입니다). 허순봉 글/구성, 박종관 그림. 곧 집에 가야 할지도 모른다는 생각에 쫓기는 한편 이미 내가 줄거리를 아는 책이라는 생각으로 대충대충 봤는데 주인공 제루샤 주디 애봇이 책을 읽는 습관에 대해 묘사한 컷들은 어째서인지 기억에 단단히 박혀 있다. 주디는 두꺼운 책 서너 권을 펼쳐두고 바닥을 구르다시피 하면서 그 책들을 번갈아 읽고 있었다.

줄글로 된 『키다리 아저씨』를 처음 본 것은

고등학교 1학년에서 2학년으로 올라가는 겨울쯤의 일이었을 것이다. 왠지 이때의 기억은 그리 진하게 남아 있지 않고, 서문이었던가, 역자 후기에 있던 진 웹스터의 일화만 생각난다. 그런데 나는 이 이야기를 좋아해서 마음속으로 되뇔 때가 종종 있다. 기억나는 대로 옮기자면 이렇다: 진 웹스터는 어렸을 때부터 글쓰기에 재능이 있었지만 어째서인지 철자법, 그러니까 영어 스펠링은 매우 서투른 편이었다. 그래서 학교 영어 선생님이 진 웹스터, 너는 뭘 믿고 이렇게 스펠링을 아무렇게나 쓰는 거니? 하고 핀잔을 줬는데, 진 웹스터는 "물론 저는 '웹스터'를 믿고 있죠"라고 대답했다고 한다. 참고로 웹스터는 영어 사전 브랜드명이라고 한다. 아마 사전 주 편찬인의 성을 따온 것이겠지.

그러고 보니 로알드 달도 어릴 때 작문 숙제를 해 가면 여기저기 자 대고 그은 줄과 "주제와 너무 동떨어진 이야기", "터무니없는 망상", "철자법 엉망" 등의 코멘트 때문에 노트가 온통 울긋불긋했다는 이야기를 들은 기억이 난다. 로알드 달이나 진 웹스터나, 훗날 소위 거장이 되었는데, 그들의 초중등 시절을 지켜본 사람들은 그들이 그렇게 성장하리라는 걸 전혀 예감하지 못했을까? 철자법 때문에 그들을 구박했던 사람들은 그들이 작가가 되었다는 사실을 알고는 어떤 감정을 느꼈을까? 사실 이 문단도 처음 하려던 이야기와는 영 동떨어진 사실을 담고 있는 것이지만 일단은 이대로 두겠다.

원래 하려던 이야기의 주제는, 글쎄, 명확한 주제를 품고 이 글을 시작한 것은 아니어서 확신이 잘 서지 않지만, 아마도…… 몇 살 때 어떤 버전으로 그 책을 읽었는지가 개인의 의식에 어떤 영향을 미치는지…… 같은 것이었을 듯하다. 첫 문단에서 이야기했던 대로 책 읽기에 대한 글을 쓰면서 최근 다시 한번 『키다리 아저씨』를 읽었는데 그 어떤 때보다도, 심지어는 처음으로 읽었을 때보다도 훨씬 감동이 컸다. 왜였을까? 일단은, 이 이야기가 고등학교 졸업생이 대학교에 진학해 졸업할 때까지를 담은 것이라는 사실에서 오는 감동의 진폭이 무엇보다 컸던 것 같다. 이전에 마지막으로 『키다리 아저씨』를 읽은 것은 내가 고등학생이던 때, 즉 대학 생활을 경험하기 전이었다. 『키다리 아저씨』는 자기 물건을 가져본 적도 별로 없고 자존감도 터무니없이 낮던 여자아이가 대학 생활을 거치면서 능력 있는 사회인—그중에서도 소설가—으로 성장하는 이야기다. 한국 나이로 서른두 살이 되어서야 나는 드디어, 이 이야기를 제대로 이해할 준비가 되었고, 우연찮게 준비된 채로 다시 읽고 만 것이다.

그러고 보면 온전한 독서란 무엇일까, 어떤 일일까. 어떤 책을 소리 내어 읽어 한 글자 한 글자 빠짐없이 보고도 완전한 이해에 다다르지는 못하는 경우도 있고, 어떤 사람이 쓴 글이 그 자신을 초과하는, 그리 드물지는 않은 경우들을 보면, 온전한 독해란 저자에게조차 불가능한 일처럼 보인다. 그리고 이 문단도 원래 논하려던 주제와는 영 동떨어진 이야기인 데다 지나치게 광범위하고 현학적인 생각인 것 같지만 일단은 이대로 두겠다.

노파심에 덧붙이자면 나는 내가 『키다리

아저씨』의 완전한 독서에 성공했다고 여기지는 않는다. 독자가 이야기를 장악하려는 욕망에 대해 쓴 고전이 있지 않은가? 스티븐 킹의 『미저리』 같은…….

꾀주머니

2020년 3월 30일

2월 23일에 출국 예정이었다. 모친이 나하고 해외여행 한번 해야겠다고 2015년부터 노래를 불러왔기 때문이다. 그런 식의 효도를 나도 모친에게 한번 해야겠다는 각오가 있었다. 그 각오가 얼마나 강고했는가 하면 모친이 친한 직장 동료와 그 딸들(각각 올해 한국 나이로 열다섯, 열둘)이 동행한다는 예정을 전했음에도 변하지 않았다. '서련이처럼' 애니메이션을 좋아한다는 아이들이 갈 만한 명소도 있고 온천도 있는 휴양지면 좋겠다는 말을 듣고 열심히 검색해서 땡처리 항공권 5인분을 결제했다(그런데 엄마가 내가 좋아하는 애니메이션을 어떻게 알아?). 그게 12월 중순의 일이다.

> 갑자기 모든 의욕이 사라져서 잠깐 누웠다가 돌아왔다. 이유는 다음 문단에 나오며…… 예상이 어렵지도 않을 것이다.

물론 그 여행은 성사되지 못했다. 지구인 전원을 통조림으로 만들어버린 바로 그 감염성 질환 때문에. 2월 23일은 아직 출입국 제한이 걸리기도 전이었지만 모친이 사회복지사고 직장은 요양 시설이어서 더 주의를 해야 한다고 했다. 아쉽지만 뭐 어쩌겠어. 아쉬움으로 치면 첫 해외여행을 앞두고 만든 여권을 개시하지 못하게 된 모친 친구 따님들이 더했을 것이다. 온천이나 애니메이션 박물관이 도망갈 리는 없으니 잘 지내다가 다음에 가기로 했다. 남은 문제는 저가 항공사의 땡처리 항공권을, 그것도 여행사 끼고 산 터라 환불을 받을 수도 없다는 것이었는데, 그건 뭐 싼값 밝히다 뒤집어쓴 것으로 치고……. 지금은 쿨한 척하며 말하고 있지만 당시에는 사흘간 하루 평균 다섯 번씩 여행사에 전화를 걸어 읍소를 했었다.

그것뿐이면 좋겠지만 아직 더 있다. 3월 중 잡혀 있던 현장 행사 두 건이 취소되고 연기되었다. 그 두 건이 나의 3월 기대수입 전부를 담당하고 있었고…… (웃기는 얘기를 쓰려고 했는데 왜 나는 울고 있죠?) 아무튼 long story short, 이것 또한 지나가리라 생각했던 코로나19 사태가 내 일상을 꽤 집요하게 괴롭히고 있다는 것이다.

이럴 때 열어보라고 할머니가 주신 꾀주머니가 있다……고 말하고 싶지만 그런 건 없다. (와중에 내게 꾀주머니를 주실 만한 분이 달리 떠오르지 않아서 할머니라고 해봤다. 전도사님이나 김혜수 님이나 은행장님이 주는 것보다는 할머니가 주는 게 무난하지 않을까?) 있다고 치면 거기에 뭐라고 적혀 있었을지 상상해본다. "너무 심심하면…… 〈링피트〉라도 하렴……" 뭐 이런?

(싫어요.)

아무튼 아무도 내게 삶의 위기를 돌파해나갈 지혜를 전해주지 못하고 있는 관계로 피폐해질 대로 피폐해진 삶을 어떻게든 가누려 애쓰며 지혜(성이 지, 이름이 혜, 본명, 소설가) 언니가 어떤 면접 자리에서 했다는 말을 다시 한번 떠올려보고 있다.

> "잔고가 20만 원일 때랑 200만 원일 때랑 문장이 달라요."

이 이야기의 교훈은 사람이 꾀주머니가 없어도 살지만 돈주머니가 없으면 살 수 없다는 것이다.

한번 가봅시다 동무의 숲

2020년 5월 5일

나의 〈동숲〉(〈동물의 숲〉) 입문은 전작인 〈튀어나와요 동물의 숲〉, 닌텐도 3DS 전용 소프트. 마을에 딱 한 개 열리는 '맛있는 과일'을 웰컴 스낵으로 착각하고 먹어버려서 처음 시작할 때부터 그야말로 애로 사항이 꽃피는 플레이를 했다. 〈튀동숲〉을 플레이해 보지 않으신 분들을 위해 부가 설명을 하자면, 〈동물의 숲〉 시리즈에서는 플레이어가 정착하는 지역마다 특정 과일이 주어지는데, '맛있는 과일'은 일반 과일과 다르게 황금색으로 표현되며 가격 또한 일반 과일보다 훨씬 비싸게 팔 수 있다(드롭

시 아이템명마저 별도로 "맛있는 과일"이라고 뜬다). 게다가 플레이 시작할 때 딱 한 개 주어지고 그 뒤로 다시는 자연적으로 얻을 수 없기 때문에, 가장 먼저 발견한 맛있는 과일은 반드시 땅에 심어서 나무로 키워 초기 자금 마련에 사용해야 한다. 이것이 정석적인 접근의 공략법이라 할 수 있다. 그리고 앞서 말했듯이 나는, 그걸 내 캐릭터에게 먹였다. 맛있는 과일은 두 번 다시 열리지 않는다는 것을 깨닫기 전까지는 아무튼, 행복했던 것 같다…….

이런저런 사연이 있었지만 어쨌든 오랜 시간에 걸쳐 마을을 크게 부흥시켜 백화점도 만들고 라이브 하우스도 만들고 카페도 만들고 집도 크게 확장하고 했다. 중간에 시들해져 오랫동안 켜지 않다가 다시 켜보니 내 마을의 주민들이 내가 죽은 줄 알고 걱정했다는 걸 듣고 눈시울을 붉히기도 했고……. 그래놓고 또 다시는 켜지 않았다. 우리 마을 주민들은 이번에야말로 내가 죽었다고 생각하겠지. 사실상 나는 인생 2회 차를 시작한 셈인데 이걸 (구) 우리 마을 주민들에게 전해줄 수가 없어서 유감이다.

〈모동숲〉(〈모여봐요 동물의 숲〉)도 이런저런 맥락에서 전작과 비슷하려니 하면서도 SNS와 유튜브에서 다들 모동숲 모동숲 하길래 못 이기는 척 시작했다. 왜 그런 거 있잖아요, 아싸일수록 인싸들이 뭘 좋아하는지 관심이 많은 법이라고요……(저만 그렇다고요? 죄송합니다). 처음에는 몰라보게 개선된 아름다운 그래픽에 놀랐고…… 깔끔한 인터넷 접속에도 놀랐고…… 튜토리얼이 끝나고 자유 조작이 가능해진 시점부터 맛있는 과일이 어디 열려 있는지부터 찾아다녔는데(강이나 절벽 때문에 갈 수 없는 지역이 있어서 이 작업에 사흘이나 걸렸다) 이번 시리즈에는 딱히 맛있는 과일이 없는 것 같더라. 그건 다행인 듯하면서도 조금 아쉬운 지점이었다. 이번에야말로 사이버 과수원 운영을 사이버 땀을 흘려가며 열심히 해서 사이버 부를 축적하려고 했는데…… 답은 무트코인을 통한 일확천금 노리기뿐이란 말인가.

〈모동숲〉을 해보지 않은 사람이라도 한 번쯤

'무트코인'이라는 말을 들어는 보았으리라 생각한다. 방송인/가수 유희열 씨도 어떤 예능 프로그램에서 "무 주식" 이야기를 한 적이 있고……(유희열 씨는 아마 〈튀동숲〉 얘기를 했던 것으로 짐작된다. 전작에도 '무 사고팔기' 시스템이 있었기 때문이다). 일요일마다 마을에 무를 파는 행상인이 등장하여 100벨('벨'은 동숲 세계의 화폐단위다) 안팎의 무를 100개 묶음으로 판다. 행상인에게서 산 무는 월요일에서 토요일 사이 마을 상점에서 팔 수 있으며, 무의 가격은 월요일부터 토요일까지 오전과 오후, 총 12회 변동된다. 무의 유통기한은 딱 일주일이라서 그다음 일요일까지 무를 다 처분하지 못하면 썩어버리고 만다. 일주일 안에 만족스러운 가격이 뜨면 그때 무를 팔면 되고, 만족스러운 가격이 토요일 오후까지 뜨지 않아도 토요일 오후에는 무조건 팔아야 한다. 안 그러면 그냥 쓰레기가 되기 때문이다. 대신 다른 사람의 마을에 가서 팔 수도 있다. 그래서 친구가 많거나 영양가 있는 정보를 빠르게 얻을 수 있으면 유리하다. 현실 주식도 그런가? 그렇다고 들은 것 같다.

나는 주식의 주 자도 모르고 비트코인의 비 자도 모르지만 어쨌든 나의 사이버 마을에서는 사이버 부자가 되고 싶었기 때문에 일주일간 나비 잡아 팔고 물고기 잡아 팔고 복숭아 농사지어 번 돈, 눈물 젖은 40만 벨 정도를 가지고 무를 샀다. 그것이 나의 전 재산이었다. 정확히 4천 개의 무가 정확히 40개의 슬롯으로 된 인벤토리에 가득 찼다. 손이 떨렸다……. 그 돈이면 집 대출금을 갚을 수도 있었건만……(그 시점에서 나의 집 대출금은 39만 8천 벨이 남아 있었다). 그런데 이윽고 트위터에서 내가 무를 구입한 가격의 4배 정도로 시세가 책정된 마을이 있다는 소식을 들었다. 일요일에는 무를 살 수만 있고 팔 수는 없는데 어떻게 그런 일이? 본체 기기 시간을 임의로 수정하여 게임 내 시간도 조작하는 '타임슬립'을 한 사람이었다. 보통 무 시세가 좋게 나온 마을에서는 어떤 식으로든 입장료를 받는데, 이 사람은 입장료도 필요 없다고 했다. 왜지? 이거 사기 아냐?라고 생각하면서 그 마을로 이동하는 패스워드를 입력했다.

무 다 팔고 번 돈으로 무 한 번 더 사고 또

가서 팔아서 큰 부를 이루었다. 이 얘기엔
반전이 없어서 얼마나 다행인지 몰라.

덕분에 집 대출금도 갚고 마을에 교량도 새로 놓고 아주 좋았다. 그래서 자랑을 하고 싶었다. 그런데 어제 우리 마을에 놀러온 현실친구가 나의 자랑을 듣고 “주식에 손을 대다니, 어디 가서 노동자 소설 썼다고 하지 말라”고 했다(내가 먼저 내 입으로 “제가! 노동자! 소설을! 썼습니다!”라고 떠벌리지는 않는데……).

한편 이 사람은 지난 수일간 북측 최고 지도자가 잠적했다 모습을 드러낸 이유에 대해서도 〈모동숲〉 출시 때문일 거라고 했는데, 나는 그 말이 일리가 있다고 생각한다. 어쩌면 지난 일요일에 무 팔러 간 섬에서 그의 캐릭터와 우연히 마주쳤을지 모른다고도…….

엉엉

2020년 7월 4일

"언제부터 그렇게 아팠어요?"

글쎄요, 언제부터라고 해야 하지. 활기 있고 친근한 미소를 띤 의사 선생님께서 그렇게 물으셨고, 나는 그가 볼 수 없는 나만의 회상 신을 몇 장면 돌려보며 고민에 빠져들었다. 밥 먹을 때마다 허리가 아픈 지는 2주 정도 됐던가?(참고로 나는 바닥에 앉아서 밥을 먹는다. 집에 식탁이 있기는 하지만 식탁을 조리대 겸 조리 도구 수납공간으로 변용한 지 오래되었기 때문이다.) 침대에 누워 〈스위치〉를 하면서 음, 아무래도 이

자세는 허리에 무리가 좀 가는 것 같구나, 생각한 지 한 달 정도 지났던가?(어떤 자세냐 하면 똑바로 누운 상체와 옆을 보고 누운 하체의 결합, 그러니까 인간 꽈배기 같은 자세였다.)

물론 가장 생생하게 기억나는 것은 바로 전날 밤부터 새벽까지의 통증이었다. 친구들과 더블침대 두 개가 놓인 방에서 자다가 몸을 일으켰는데, 나는 일어났지만 허리와 골반의 연결부는 아직 안 일어난 것 같은 느낌. 딱 그 순간에는 아직 견딜 만했기 때문에 아하 요 녀석(아플 때 아픈 부위에 인격을 부여하는 습관은 내게만 있는 게 아닐 것이라고 믿는다!) 또 말썽이네, 생각하며 침대 밖으로 다리를 내밀고 허리를 숙여 옆 침대를 짚고 일어나려고 했는데 그 순간 녀석이 비명을 질렀다. 녀석의 비명은 소리가 아니고 등줄기를 오르내리는 방사형의 끔찍한 통증이었다. 나는 비명을 못 질렀다. 앞으로 숙이지도 뒤로 자빠지지도 못하는 엉거주춤한 자세로, 옆 침대에 누워 있는 친구를 굽어보며 이 순간 얘가 기적처럼 눈을 뜨고, 헉 서련아 너 왜 그래 하면서 날 일으켜 세워주든지 눕혀주든지 하면 얼마나 좋을까 하는 생각만 했다.

"얼마나 오래 앉아 있는 편인가요?"

그 질문에 대한 대답을 찾는 데에도 시간이 필요했다. 프리랜서고 글을 쓴다고 했으니 너무 오래 앉아 있으면 좋지 않다는 조언을 해주려고 깐 밑밥 같은 질문이었을 텐데, 앉아서 글을 쓰는 시간보다 침대에 누워서 글을 쓰는 시간이 훨씬 길기 때문이었다. 배 밑에 베개를 깔고 하늘을 나는 히어로처럼 앞으로 두 팔을 뻗은 자세로. 그렇다고 질문에 충실한 답이랍시고, 별로 앉아 있지 않습니다, 라고 할 수도 없고……. 내가 머뭇거리자 의사 선생님께서는 내 엑스레이 사진을 확대(라고는 하지만 실물만큼 확대하지는 않고)해서 문제점을 설명해주셨다. 그렇게 모니터 위를 짚어가며 설명하는 걸 보니 그게 무슨 지도처럼 느껴졌고, 사실은 그것이 다름 아닌 내 몸이라고 생각하니까 내가 약간 국가나 지방 같은 게 된 것처럼 쑥스러운(왜죠?) 마음이 들었고…… 즉 선생님께서는 열심히 설명해주셨는데 속으로 다른 생각 하고 있었다는 얘기다. 그때 했던 다른 생각에는 10여 분 전에 그 사진을 찍으러 촬영실에 들어갈 때 촬영실 선생님께서 하셨던 말씀에 대한 것도 섞여 있다.

"교통사고에요?"

평소라면 또는 척추가 건강한 사람이라면 20초 안에 슥 지나갈 만한 로비와 촬영실 사이 거리를 1분 넘게 걸어서야 완주할 수 있었기 때문, 아주 천천히 울면서 걸어오는 나를 기다리다 못해 촬영실 선생님께서 부축하러 오셔야 했기 때문이다. 의사 선생님께서 반복적으로 하는 말들의 맥락도 촬영실 선생님의 질문과 같은 레이어에 있었다. 울고 잘 걷지도 못할 정도로 아프다면 교통사고나 그에 준하는 어떤 충격, 어떤 계기가 있었던 게 분명한데 왜 제대로 설명을 못하는가에 대한 의문. 그런데 내게는 떠오르는 빅-계기가 진짜 없었고 척추병원 진료실 의자에 왜 등받이가 없는가 같은 원망 섞인 생각만 자꾸 나서 하하 그러게요, 라고밖에는 할 수가 없었다.

그날부터 2박 3일간 입원 치료를 받고 퇴원해서도 일주일에 한 번씩 도수치료와 충격파치료를 받았다. 치료 루틴은 단순하고 확실했다. 하루에 한 번 도수치료, 충격파치료, 물리치료 또는 원장 선생님(진단을 해주신 그 선생님)의 주사치료. 각 치료 과정의 소요 시간은 대략 20분에서 40분. 예약 시간은 그날그날 새로 정해졌다. 그러니까 하루에 서너 시간만 들으면 되는 일종의 단기 교육과정에 참가한 듯한 느낌이었다. 모든 치료 루틴을 수행하면 일일 수료증 같은 게 나올 듯한 느낌. 당연히 수료증은 없었지만 저녁 식사 식판을 받으면 대충 그런 기분이 들었다. 오늘도 해냈다. 내가 한 일은 그냥 누워 있는 것뿐이었지만.

입원도 처음, 도수치료도 처음, 충격파치료도 처음이었다. 때문에 이것도 좋은 경험이 되겠네, 라는 생각을 하면서 도수치료실에 들어갔는데 도수치료를 담당하는 선생님이 몸에 손을 대자마자 으악 소리가 나왔다. 5분 정도 비명을 지르자 "괜. 찮. 아! 괜. 찮.

아!"라고 응원을 해주셨다. 무슨…… 〈도전! 골든벨〉 48번 문제에서 미니 칠판에 '애들아 미안해'라는 메시지를 쓰고 울먹거리는 학생에게 해주듯이. 민망함에 눈물이 날 것 같았지만 이미 아파서 울고 있었기 때문에 민망해서는 울 수가 없었다.

도수치료를 경험했으니 이제야말로 세상에 무서울 게 없다, 라는 마음가짐으로 충격파치료실에 들어갔다가 또 울면서 나왔다. 뼈에 대고 초음파를 쏘는 치료법이기 때문에 느낌이 살짝 낯설 수는 있다, 고 사전 설명을 해주셨는데, 겪고 보니 그건 정확한 말씀이기도 했고 실제 경험을 무척 축소시킨 듯한 말씀이기도 했다. 충격파치료사 선생님은 치료 도중 "앗, 여기가 특히 안 좋으시구낭. 그럼 이 부분 위주로 지질게요?"라는 말씀을 종종 하셨는데 '지질'이 너무 자연스럽게 '조질'로 들렸기 때문에('조지다' 역시 표준어라고 하지만) 정말로 으스러지도록 조져지는 기분이 들었다.

재미있게도 도수치료사 선생님과 충격파치료사 선생님은 서로 자기가 담당하는 치료 수단이 더

신사적이라고 생각하고 있는 모양이었다.

"어우, 저는 충격파 무서워서 못 받겠던데. 제가 담당하는 분들 다 충격파 무서워서 저한테만 오시잖아요."(도수치료사 선생님)

"충격파가 느낌이 좀 낯설긴 한데 집중적으로 받고 나면 확 나아지잖아요. 오래 앓는 것보다야 잠깐 느낌 이상하고 금방 낫는 게 좋으시죠?"(충격파치료사 선생님)

어느 쪽인가 하면 두 가지 다 경험할 일이 없는 게 낫다는 것이 나의 생각이다. 퇴원하던 날 진료비 영수증을 들고 택시에 올라 트위터에 이렇게 썼던 것도 그런 맥락에서라고 할 수 있다.

> "급성요통 후기: 입원할 때는 세상에 허리와 나밖에 없는 것 같았고 퇴원하는 지금은 세상에 병원비 영수증과 나밖에 없는 것 같다."

이제는 세상에 허리와 영수증과 나 말고도 뭐가 많다는 걸 안다. 다행히도 다시 알게 되었다.

허리가 그렇게 아팠던 건 잘못된 자세로 오래 지냈기 때문, 그 빚을 몰아 갚느라 그런 것인 줄을 아주 잘 알지만 아프고 나면 꼭 이렇게 생색을 내고 싶어진다.

소비일기: 반지편

2020년 8월 4일

액세서리 중에서는 반지가 제일 좋다. 사실은 딱 그만한, 그러니까 대충 성인 엄지손톱만 한 크기의 반짝거리는 물건은 다 좋아하긴 한다(좀 더 정확히 말하자면 반짝이는 건 다 좋아하지만 크고 반짝이는 것이나 '너무' 작고 반짝이는 것보다는 매우 스페시픽한 크기의 반짝이는 물건을 좋아한다는 것이다……). 뭐 브로치라든지 배지라든지 목걸이나 팔찌에 달 수 있는 참이라든지…… 찾아보면 많다. 요만한 물건은 손바닥에 놓고 쥐었을 때 허전하지는 않은데 손안이 꽉 차는 건 아니어서 어쩐지 애틋하고 간질간질한 감각이 든다. 이 감각이 사람을 미치게 할 수도 있다……
고 나는 생각한다. 시각적 존재감이 매우 분명하고
촉각적으로도 존재감이 있지만 꽉 쥐어 충만하게 느낄
수는 없는…… 하아, 아무튼 그만한 크기의 반짝거리는
물건 중에서도 내가 좋아하는 것은 반지라는 얘기다.
왜냐하면 심지어 반지는 가운데가 비어 있기
때문이다……. 그건 시각화/촉각화된 공허 그 자체.
반지를 손바닥 위에 두고 주먹을 쥐면 동그랗게 돋아
오른 자기 손바닥을 만질 수 있다. 그건 내 몸이기도
하고 반지의 일부이기도 하다. 그 공허를 채우는
건 인간의 손가락…… 그러니까 반지가 완성되는
순간은 내 몸과 결합되었을 때, 라는 바로 그 느낌……
(말줄임표를 그만 쓰고 싶은데 너무 벅차서 자꾸 나오네요……).
심지어 반지는 손가락 둘레를 재서 자기에게 꼭 맞는
것을 찾지 않으면 안 되는…… 대개는 맞춤 제작을 해야
하는…… 굉장히 개인화된 액세서리다……. 아, 너무
좋아서 거의 눈물이 날 지경이다…….

나처럼 반지를 좋아하는 사람이 예부터 많았기
때문인지 반지는 꼭 보석이 박혀 있지 않아도 많은
의미를 지닌다. 왜 그 F(x) 노래에도 나오잖아요, “보고

싶은 나 생각 들 땐 커플링 만져보기". 그러고 보니까 옛날이야기 중에서 반지를 문지르면 나오는 정령 이야기도 있었던 것 같고…… 즉 알라딘류 이야기인데 알라딘보다 훨씬 스마트한 거지. 일단 반지는 램프 손잡이의 미니어처나 마찬가지고 그건 몸에서 잘 떨어지지 않는 법……. 인간 입장에서는 램프 따위보다 반지가 훨씬 이득이다(쓰고 보니까 꼭 정령이 깃들어 있지 않아도 원래 램프보다 반지 쪽의 가치가 더 높지 않나 싶군요……). 물론 정령노예의 삶의 질 측면에서는 반지보다 램프가 훨씬 낫겠지만.

반지 이야기라면 〈반지의 제왕〉도 잊어선 안 되겠지. 당연히 토털리 이해할 수 있다. 세계에 하나뿐인—같은 라인의 다른 디자인 반지가 몇 세트 더 있긴 하지만—리미티드 디자인에 고대어 레터링 각인까지 들어간 반지라니 그런 거 갖고 싶지 않은 사람이 있겠냐고. 실물로 보고 심지어 시착까지 해본 다음이라면 목숨을 걸어도 아깝지 않을 것이다. 게다가 그건 모든 반지들의 왕이라며?

안타까운 사실은 내 손가락이 존나 못생겼다는

거다. 상스러운 어휘를 동원하지 않으면 못다 표현할 만큼이나 못생겼다. 그냥 못생겼거나 엄청 못생겼거나 대단히 못생긴 게 아니라 존나 못생겼다. 손가락등 쪽에 난 털이나 손등 마디가 분명치 않아서 주먹을 쥐면 도라에몽 손이 되는 점 같은 건, 뭐 그래 아무래도 좋다고 치자. 손가락이 짧은 것도, 그래 뭐 심미적으로는 안타까운 부분이지만 피아노 칠 때 가운데 도에서 높은 레까지 한 뼘에 닿긴 하니 괜찮다고 치자. 도저히 참을 수 없는 단 한 가지 문제는 손가락의 굵기다. 손가락 가장 안쪽, 그러니까 반지가 주로 머물러야 할 곳의 둘레가 표준 여자 반지 사이즈를 한참 초과하는데, 한술 더 떠 거기가 내 손가락에서 가장 굵은 부분도 아니라는 점. 이 사실이 종종 나를 극대노 상태로 몰아간다. 가끔 보면 내 손가락들은 손톱 달린 명란젓 같다. 기능 면에서는 아직 큰 문제가 없으니까 괜찮아……라고 하고 싶지만 손가락의 주요한 기능 중 하나는 반지를 끼는 것이라고도 믿고 있는 내게는 상당한 불만 사항이 아닐 수 없다.

반지를 이렇게나 좋아하면서도 반지가 이렇게도

어울리지 않는 몸이어서 반지는 주로 구경만 하고 사지 않는 편이었는데 어느 날 예고도 없이 너무 갖고 싶은 반지가 마치 사고처럼 나를 덮쳐왔다. 윈도쇼핑을 하러 가끔 들어가던 온라인 빈티지 주얼리 숍에서 클라다 링을 발견한 것이다. 어 뭐야, 이거 되게 〈마법소녀〉 물건같이 생겼다 했는데(나는 〈마법소녀〉 관련 아이템 라이트 콜렉터이기도 하다) 아일랜드 전통 반지라지 뭐냐. 아니, 이렇게 깜찍하게 생겼는데 '전통' 같은 기품 있는 단어가 붙어버리면 어떡하냐. 가운데에 하트가 있고 하트 위에 왕관이 있고 하트 옆에는 한 쌍의 손이 붙어 있는 반지……. 하트는 심장(말 그대로)과 사랑을, 왕관은 충실함을, 양옆에 새겨진 손은 우정을 의미하는 모티브라는…… 그 반지……. 그러니까 옆에 장식된 한 쌍의 손을 살짝 잘못 봐서 날개 장식으로 착각하거나 하면 〈웨딩피치〉 반지인 줄 알 수도 있는 그런 디자인의 '전통' 반지……. 아니, 어떻게 이렇게 예쁘고 의미 있는 물건이 있을 수가……. 그런 물건이 어떻게 이렇게 비싸고 나한테 안 맞을 수가……. 그 물건이 존재한다는 걸 안 이상 손에 넣지 않으면 미쳐버릴 것 같은 느낌이 들었는데,

내 손가락이 그 빈티지 주얼리의 사이즈에 적합하지 않아 리터럴리 '손에 넣을' 수가 없었다. 사용할 수도 없는 물건치고 비싸긴 했지만 못 낼 돈은 아닌데 눈 딱 감고 지를까 어떡할까, 이 돈을 내고 이 물건을 가지는 게 맞는 일일까…… 그런 고민에 휩싸여……

한 1년 보냈다.

내 소비벽을 조금 아는 사람들은 내가 물건을 뭐 허구한 날 충동구매 하는 줄 아는데 사실 그렇지 않다. 나는 충동 조절 능력이 '어느 정도' 있는 성인이기 때문에 스스로의 경제 상황을 생각하지 않고 물건을 사거나 하지 않는다…… 더 이상은(이 습관을 고치는 데에 이십 대를 다 쓴 것 같다). 다만 갖고 싶은 물건을 발견한 이후로는 그것에 대한 생각을 멈추지도 못한다. 빨리 나만의 클라다 링을 갖지 않으면 안 되겠다고 생각하게 된 계기는 습관처럼 클라다 링 디자인을 검색하다가 모 중저가 주얼리 브랜드에서 〈천사소녀 네티〉 모티브 키링을 구매한 것이었다. 이것도 뭐 만족스러운 소비였지만 클라다 링을 갖지 못해서 대신 산 것이라는 점에서는 상당히 위험한 신호이기도 했다. 해결되지 않은 소비욕은 엉뚱한 손해를 불러오는 법이다. 그동안 샀던 유사 닥터마틴 워커 값을 다 합치면 닥터마틴 정품 한 켤레를 사고도 남는다는 사실을 뒤늦게 깨닫고 피눈물을 흘렸던 경험처럼……. 쓰고 보니 좀 다른 것 같기도 하지만…….

해서 드디어 클라다 링을 사려고 마음을 먹고 보니까 마음에 쏙 드는 클라다 링 디자인을 찾는 게 또 쉽지가 않았다. 〈마법소녀〉 물건도 좋아하고 반지도 좋아하는 소비자인 내가 주얼리 브랜드와 〈마법소녀〉 컬래버레이션 아이템을 좀처럼 사지 않는 이유는 "완구는 완구, 주얼리는 주얼리"라고 믿기 때문이다. 아니 그냥 단순히 가운데에 빨간 하트 이따만 한 거 달린 반지가 갖고 싶은 거였으면 그냥 〈웨딩피치〉 반지 시켰겠지, 타오바오나 뭐 그런 데에서……. 나는 고유의 하트, 크라운, 핸즈 모티브가 분명하면서도 너무 부담스럽지 않은 크기로 새겨진, 다른 반지와 레이어드해서 착용해도 어색하지 않을 만한 가느다란 두께의 클라다 링을 갖고 싶었다. 그런데 클라다 링이라는 물건의 의의가 아무래도 상징성에 많이 기울어 있다 보니 수요 자체가 하트 뙇! 왕관 뙇! 손 뙇! 이런 디자인에 몰려 있는 듯했다.

3천 자 넘길 즈음부터 급격하게 집중력이 떨어진 김에 여기까지만 쓰기로 했다. 뭐 결론이 뻔한 얘기기도 하고…… 결국 찾아서 결국 샀겠지 뭐…… 네! 샀습니다.

사실 이 원고를 샘플로 해서 소비일기라는 에세이를 여러 편 써보려고 했는데(중간중간 티가 났겠지만 나는 이상한—포털 사이트 쇼핑 AI가 내가 속한 성별과 연령에 추천하는, 즉 '삼십 대 여성이 좋아하는/즐겨찾는'이라고는 절대 소개해주지 않을 것 같은—물건을 정말 많이 산다) 소설이 아니다 보니까 물건을 '샀다' 부분은 별로 극적이지도 않고 재미가 없네요. 이 문제를 어떻게 상쇄할 것인지는 조금 생각해봐야 하겠습니다. 하…… 이거 왜 재미없지…… 기획은 꽤 그럴싸한 느낌이었는데…….

그건 그렇고 제가 직구로 산 클라다 링은 지금(2020/8/4 오전 5시 17분) 인천에 있다고 합니다.

비바 엘리자베스 뱅크스

2020년 9월 1일

생일(8/8)에 뭘 했냐고 물으신다면(안 물어보셨다고요? 죄송합니다) 〈피치 퍼펙트2〉, 〈피치 퍼펙트3〉를 봤다고 말하겠어요. 생일로부터 일주일쯤 전에 넷플릭스에서 〈피치 퍼펙트〉를 봤는데 시리즈 나머지 작품들은 없길래 유튜브에서 '나에게 주는 생일 선물'로 나머지 시리즈를 결제했던 것이다(사실 '나에게 주는 생일 선물'로 이미 원룸용 빨래 건조기를 샀지만 그건 그거고 이건 이거라는 느낌으로……). 〈피치 퍼펙트〉 시리즈를 다 보고 나서 〈미녀 삼총사3〉까지 보는 사이 생일이 끝났다.

〈피치 퍼펙트〉 시리즈를 아직 보지 못하신—그중에서도 앞으로 보실 생각이 있는 분을 위해 스포일러 없이 간단히 소개하자면, 이 시리즈는 장차 음악 프로듀서가 되기를 꿈꾸며 취미 겸 특기는 매시업 리믹스인 베카(애나 켄드릭 扮)라는 소녀가 바든대학교의 전통 있는 여성 아카펠라 동아리 '바든 벨라스'에 가입하면서 시작되는 이야기다.

* 스포일러는 지금부터 나옵니다
(스포일러가 그렇게 중요한 시리즈인가?
싶지만 아무튼).

지역 예선, 주 본선, 전국 결선을 거치면서 바든대의 양대 아카펠라 동아리 벨라스와 트레블 메이커스의 무대를 감상하는 재미며 매시업 전문가이자 힙스터인 베카가 정신적 성장을 이뤄가는 것을 지켜보는 재미나, '팻 에이미' 캐릭터(레벨 윌슨 扮)의 다소 파괴적인 잔망스러움이라든지 릴리 역할을 맡은 한국계 배우 하나 매 리의 개인기라든지 뭐 기타 등등 여러 재미를 누릴 수가 있는 시리즈지만,

이 시리즈를 처음 접했을 때 일단 내 눈을 사로잡은 첫 번째 혹은 영화의 감초 역할 겸 별 도움 안 되는 해석을 맡은 진행자—둘 중에서도 '게일'이라는 인물이었다. 말하자면……

저 완벽하게 생긴 여자를 내가 어디서 봤더라?(+저 완벽하게 생긴 여자가 왜 저런—여기서 '저런'이란 '멍청한'이라는 뜻이다—대사들을 읊고 있는가?)

라는 충격을 내게 안긴 캐릭터인데, 〈피치 퍼펙트〉를 세 번 보고 〈피치 퍼펙트2〉를 보기 시작할 즈음에야 답을 알았다! 시트콤 〈모던 패밀리〉 시리즈의 '살'이었다! "난 똑똑하고, 난 아름답고, 침대에선 전설적이지"라고 말하는 여자. 그러고 보니 〈모던 패밀리〉에서 처음 봤을 때도 똑같은 생각을 했다. 정말이지 리터럴리 자알도 생겼고 대사는 하나같이 정신이 나간 느낌이구나……. 게일의 대사들은 아슬아슬하게 성희롱적이고 또 금을 밟았지만 안 밟은 척하는 정도의 인종차별 요소도 있지만, 일단 옆에 있는 존이라는 남자의 대사보다는 아주 약간 낫다. 존이 무슨 말을 할 때마다 게일은 입으로만 웃고 눈으로는 당신이 죽었으면 좋겠어요, 라고 하는 듯한 표정을 짓기도 하지만 그건 내가 게일에게 품고 있는 호감에서 비롯된 해석일지도 모른다는 생각이 들고……. 그렇지만 〈피치 퍼펙트〉 마지막쯤 가서는 "당연히 당신은 예상 못했겠죠~ 당신은 여성혐오주의자Misogynist니까~" 같은 사이다 대사를 날리기도 하는 게일. 때문에 나는 혼자, 게일 당신은 대학 시절 '월경주기'라는 여성 아카펠라 동아리에서 활동했던 만큼(이 부분은 영화 공식 설정이다) 여자들 간의 연대와 우정을 중요하게 여기는 페미니스트지만…… 아카펠라를 너무 좋아해서 존 같은 쓰레기하고 함께 일할 수밖에 없는 거죠? 다른 선택지가 없었던 거죠? 그런 거죠?—같은 캐해석을 해보기도 했고…… 〈피치 퍼펙트2〉부터는 존을 하차시키고 단독 호스트로 떠오르는 게일을 상상해보기도 했다……. 이 꿈이 이루어지지 않을 것 같아서 〈피치 퍼펙트2〉를 볼까 말까 고민을 꽤 했지만 게일이 혼자 일하기를 바라는 만큼 영화의 다른 내용들도(가령 베카랑 클로이 사이에 좀 진전이 있을까? 팻 에이미가 이번에는 무슨 활약을 펼칠까? 전작에서 전국대회 우승을 했는데 2에서의 목표는 대체 뭘까? 디펜딩 챔피언 정도는 넘 시시하잖아……) 궁금했기 때문에 실제 영화를 볼 수밖에 없었다.

〈피치 퍼펙트2〉는 대부분의 상업 뮤지컬 영화—그리고 전작이 그러했듯 딱 기대한 만큼의 재미가 있었고, 웬걸 예상치 못한 아름다운 장면도 있었는데, 내가 제일 궁금해한 요소는 내 뜻대로 되지 않았다. 게일이 독립을 못한 것이다. 게일과 함께 아카펠라 팟캐스트 진행자를 맡은 존은 전작보다 훨씬 더 많은 꼴값을 떨어댔고, 그의 꼴값은 영화상의 클라이맥스에 해당하는 부분 직전에서 절정에 이르렀다……. 슬프게도 그 꼴값에는 게일도 동참했는데, 필리핀 대표팀을 언급하며 "저도 필리핀 가서 레이디보이들하고 재밌게 논 적이 있고요"(존의 대사) 라고 하질 않나, 한국 대표팀을 언급하며 "누가 한국팀 신경이나 쓸까요?"(게일)/"불고기 좋아요~"(존) 같은 대화를 주고받질 않나……. 즉 아시아에 이 영화를 팔고 싶었다면 절대 넣어선 안 되었을 대사들이 버젓이 나오는데, 이 영화에서 꼴통 롤을 맡고 있는 두 사람의 대화여서 아슬아슬하게 용납이 될까 말까 한 것이었다. 내가 한국인이어서가 아니고 백인-미국인 둘이 젠더 이슈와 인종 이슈의 빨간 버튼을 동시에 연타하는 그 느낌이 싫어서 약간 토할 것 같은 느낌이 들었다.

(조금이나마 문제를 작게 만들고 싶었던 걸까? 유튜브에서 구입 가능한 〈피치 퍼펙트2〉 영상에서는 "한국 불고기" 어쩌구 장면에서 자막을 제공하지 않는다. 영어 대사만 나온다. 나중에 알고 보니 한국 개봉 당시에는 아예 그 장면을 삭제했었다고 한다. 참 나…….)

따라서…… 역시 게일한테 크게 실망했지만 어쨌든 영화 마지막에 나온 퍼포먼스는 재미있고 아름다웠기 때문에 영화 자체의 점수까지는 깎고 싶지 않았는데 놀라운 일이 한 번 더 일어났다. 엔딩 크레디트에서 나온 게일 역할 배우의 이름이 감독 이름과 똑같았던 것이다! 엘리자베스 뱅크스…… 그것이 그의 이름이었다. 나는 영화를 감상하기 전 영화의 모든 것을 다 조사해두는 타입보다는 영화를 보고 나서 마음에 들었을 경우에 한하여 트리비아를 수집하는 타입에 가까워서 그걸 시리즈 두 번째 영화까지 보고 나서야 알게 된 것이었다.

아니, 어떻게 자신이 연출한 영화에서 그렇게 얼간이 같은 역할로 나올 수가 있지? 그건 망가지는 걸 두려워하지 않은 것이거나 자기가 영화 속에서 읊은 대사들에 별 유감이 없었던 것 아닌가……? 때문에 엘리자베스 뱅크스에 대한 실망감을 조금 유보할 필요가 있다는 생각을 했다. 그런 복잡한 마음을 품은 채로 〈피치 퍼펙트3〉까지 본 후, 마침내 엘리자베스 뱅크스의 필모그래피를 뒤져보았다. 그리고 바로 그 사람이 〈미녀 삼총사3〉도 연출했다는 사실을 알게 되었다.

그것을 알게 되었을 때 내 가슴속에서 뭔가 특별한 변화가 일어났다. 내가 그의 말을 인용한 적이 있다는 사실이 기억나서였다.

정확히는 그게 그의 말인 줄을 모른 채로, 또는 그의 이름을 까먹은 채로 인용한 적이 있었다. 엘리자베스 뱅크스는 그렇게 긴 이름도 아니고

'뱅크스'라는 성은 쉽게 잊을 만한 것도 아닌데 말이다. 나의 두 번째 장편소설 『마르타의 일』이 출간된 지 얼마 안 되어 어떤 팟캐스트에서 이야기할 때였다. "계속 여성 서사를 쓸 것인가"라는 질문이 나왔고, 나는 대략 이렇게 대답했다. (팟캐스트 녹음 당시에는 내 기억보다 눌변이었을 테지만 기억나는 대로 쓰면 이렇다는 것이다.)

"얼마 전에 어떤 여성 감독이 〈미녀 삼총사〉의 새 시리즈를 내놓으면서 엄청 비난을 받았대요. 굳이 새로운 시리즈를 만들 필요도 없고 여성이 약간 상품화되는 경향도 있는 영화인데 뭐 하러 만들었냐는 등의 비난이었다고 해요. 근데 그 비판과 비난에 대해 감독님이 한 답변이 너무 마음에 들었어요. 〈007〉 시리즈가 수백 편 만들어질 동안 그런 질문 듣는 거 본 적 있냐고. 여자들한테도 이런 게 하나 있을 만하다고. 여성이 주인공인 오락성 있는 서사물이 수백 수천 편 만들어져도 괜찮다고, 그럴 필요가 있다고. 제가 여성 서사에 대해 갖고 있는 생각이 그와 비슷해요."

여성(들)이 주인공인 스파이물도 수천 편, SF도 수천 편, 어반 판타지도 수천 편, 역사물도 수천 편, 뮤지컬도 수천 편, 코미디도 수천 편 필요하다. 창작자는 비난을 감수하고 감상자는 비난을 유보하고 수천 수만 수억 수조의 여성 서사물을 일단 만들고 감상할 필요가 있다. 그런 멋진 말을 한 사람이 바로 저 사람이었구나……. 얼굴도 이름도 모른 채로 약간 존경하던 사람이 바로, 방금까지 보던 영화에 나온 엄청 근사하게 생긴 주제에 멍청한 소리를 찍찍 내뱉던 캐릭터였다니. 존경할 만한 어떤 익명의 영화인과, 내 이상형에 가깝게 잘생쁜 배우와, 한숨이 나올 만큼 멍청한 캐릭터가 마침내 나의 의식 속에서 합체했다. 그건 정말 이상한 경험이었다.

그렇게 해서 〈미녀 삼총사3〉까지 보는 사이 내 생일이 지났고 나는 그 전과는 조금 다른 사람이 되었다. 단순히 만 31세가 되었다는 의미만은 아니다. 그런 느낌이…… 든다. 이 이상 잘 설명할 자신은 없다.

이사 전야

2020년 10월 8일

현 상태: 머리를 감다 말고 욕실 청소를 해서 눈에 비누 거품이 잔뜩 들어가는 바람에 눈이 충혈됨. 미간에 엄청 단단한 뾰루지가 돋아서 계속 건드렸더니 손톱자국이 남음. 저녁으로 차가운 김밥을 먹고 쪼그려 앉은 채로 이런저런 집안일을 해서 그런지 위경련 전조 증상 같은 게 느껴짐. 그리고, 그리고…… 이사가 일곱 시간 남음!

지난 한 달은 신간과 다음 책 생각만 해도 모자랄 시간이었지만 사실은 이사 생각을 제일 많이

했다. 새집 계약 기간이 시작된 게 이사 실행 일자인 오늘보다 일러서(쉽게 말해 서류상 나는 이미 그 집에 살고 있다는 것이다) 미리 새집에 가 이런저런 잡일을 해둘 수 있었다. 포장이사를 할 계획이라 짐을 미리 싸둘 필요도 없어서 더더욱 다른 잡일에 매진할 수가 있었다!

지금까지 미리 해둔 일은 대략 이렇다: 타일 페인트칠(그렇습니다. 세상이 좋아져서 못생긴 타일도 페인트칠로 리폼할 수 있지 뭐예요), 주방 겸 거실 벽면 칠판 페인트칠(세상이 좋아져서 페인트칠만 하면 벽면을 칠판으로 활용할 수도 있지 뭐예요), 드레스룸 행거 조립, 신발장 조립, 블라인드 설치(이제 와서 하는 말이지만 아무래도 뒤집어서 설치한 것 같지 뭐예요. 즉 다시 걸어야 할 것 같은)……. 혼자서 미리 해둘 수 있는 일은 다 해둔 셈인데, 뭔가 빠뜨린 게 있을지 모르지만, 아무튼 포장이사를 할 거니까 어차피 괜찮겠지……. 인터넷과 가스 설치 예약도 했고 수도와 전기도 미리 알아봐뒀다. 또 뭐 없나?

불안한 점이 많지만, 그건 사실 정말 뭔가 빠뜨려서라기보다는 내 기질적인 면 때문이라는 것을 안다. 그래서 이사의 근사한 면을 더 많이 생각하려고 노력하고 있다. 이사를 하고 나면 키친 테이블 라이터kitchen table writer가 될 것이다. 칠판 페인트칠을 해둔 벽면에 탁자를 붙이고 거기서 글을 쓰고, 잘 모르겠을 때는 벽에다 낙서를 할 것이다. 페인트칠을 마음대로 해도 된다고 허락해준 집주인은 내가 이럴 거라고 상상하진 못했겠지, 페인트칠을 허락한 대신 도배는 새로 해주지 않고 장판을 조금 비싼 걸로 깔아준 친절한 집주인은…… 대신 오래 살게요, 저 다음에 이사 올 사람이 제 살림살이를 보고 이 집에 이사 오고 싶다는 마음을 먹게 될 만큼 멋지게 살게요, 어차피 이 글을 못 보실 테지만 약속할게요.

그리하여 현 상태 다시 한번 업데이트:
나는-지금-슈퍼두퍼-기대감에-차-있다!

프리비어슬리 인 마이 라이프 시즌2

2020년 11월 3일

▸ 'Previously in my life'라는 말은 영국 드라마 〈미란다〉에서 발견한 표현이다. 영미권 드라마에서는 이전 화 또는 이전 시즌을 요약할 때(내가 요새 한창 열심히 보고 있는 〈굿 플레이스〉를 예로 들면) 흔히 'Previously in The Good Place……'라는 표현을 쓰는데, 〈미란다〉는 미란다라는 인물과 그 주변인들의 일상 우당탕 에피소드들을 그리는 작품이어서 미란다가 "그동안 제 삶에는 이런 일이……" 라고 하면서 시작하는 것이다……. 한동안 일기 쓰기를 미루다가 갑자기 몰아 쓰게 되었을 때 종종 이

관용구를 제목으로 삼는다. 그러니까 말하자면…… 한 달 동안 서련이에게 무슨 일이 있었을까요?라는 뜻입니다(〈미란다〉 오프닝 시그널 송을 틀어주세요).

▸ 이사한 지 이제 만 1개월이 되어간다. 그간 이 집에는 포장이사 업체 기사님 세 분과 가스 검침원분과 정수기 설치기사님과 LG U+ 기사님과 모친과 나의 친구 여섯 명과 거대한 바퀴벌레 두 마리(무슨 수사가 아니라 진짜로 바퀴벌레가), 그리고 세스코 기사님이 방문했다.

세스코 기사님은 다른 기사님과 구분하여 'Knight'라고 써드려야 할 것 같은 느낌이 든다……. 여러 의미에서 그런 생각이 드는데, 이 얘기는 읽는 사람의 비위를 위해 안 하는 게 좋을 것 같다.

그렇지만 새집이 바퀴벌레 소굴로 오인될 수도 있으니 한마디만 덧붙이자면, 세스코 기사님이 (내가 찍은 바퀴 사진을 보시더니) 이런 바퀴는 절대로 집 안에서 살 수 없다고 했다. 안심 또 안심.

▸ 10월 한 달간의 소비 중 가장 만족스러운 것은 온수매트. 제일 후회되는 소비는 전기온열매트. 그러니까 온수매트도 샀고 전기온열매트도 샀단 말인가? 그렇습니다.

일어난 일과 나의 감정 변화를 시간순으로 정리하면 이렇다: 내 침대 사이즈가 슈퍼싱글 사이즈니까 대충 맞겠지, 침구류는 대체로 사이즈가 통일되어 있는 편이니까, 하고 슈퍼싱글 사이즈 전기매트를 먼저 주문했다. 도착해서 개봉해본 물건은 내 침대 가로 너비보다 10센티미터가 더 넓었다……. 그리고 설명서의 취급주의란에 전기매트를 접거나 침대보 밑으로 밀어 넣어서는 안 된다고 적혀 있었다. 나름대로 고르고 고른 양품인 데다 저렴하게 잘 산 것 같다고 생각했건만, 막상 펼치고 보니 한쪽이 항상 뜨거나 접혀 있어 함부로 켤 수도 없고, 이미 펼쳐서 침대에 깔아본 다음인지라 환불 요청을 하기도 애매한 것 같고…… 즉 꽤 잘 산 한편 엄청나게 잘못 샀다는 모순을 뼈아프게 느끼던 중에, 공장 제조 양품 크라우드 펀딩 업체에서 온수매트 매물을 발견한 것이다. 그간 내가 이 업체를 통해 산 물건은 설거지 비누와 샴푸바 정도가 전부였지만 난 나를 믿었었던 만큼 이 업체도 믿었기에 온수매트 펀딩에 망설임 없이 참여했고 이 소비가 아주 만족스러웠던 것이다.

청소년기에는 모친이 생활용품 방문판매업에 종사하는 지인을 통해 장만한 옥장판과 함께 겨울을 났고 성인이 되어서는 주로 전기온열매트를 사용해왔기에, 겨울마다 은은한 두통과 목이 찢어지는 듯한 갈증과 함께 깨는 것을 당연하게 생각해왔다. 처음으로 직접 전기온열매트를 샀을 때(4년 전이다) 허, 전기온열매트라는 물건은 이렇게나 저렴하구나 했던 기억도 문득 떠오르고……. 아무튼 아무리 전자파를 잡았다고 해도 작동 원리상 인체에 온기와 함께 미묘한 악영향을 끼칠 수밖에 없는 한계가 있는 전기온열매트와 달리 온수매트는 두통도 갈증도 내게 주지 않았다.

요새는 온수 온도를 39도 정도로 설정하고 자는데 자리에 누울 때마다 배나 등이 넓고 평평한…… 즉 나보다 훨씬 덩치가 크고 체온이 약간 높은 어떤 짐승의 품에 안기거나 업혀서 자는 것 같은 느낌이 든다. 온수매트가 인체에 열을 전하는 원리는 혈관에 피를 돌리는 것과 매우 유사한 방식일 것이어서 이 느낌이 아주 큰 착각은 아닐 거라는 믿음도 있다……. 온수가 매트 속의 미세한 관을 채울 때 뭐랄까 "꾸르륵~?" 하는 소리가 나서 더더욱 그렇다.

한편 아무래도 잘못 산 것 같다는 전기온열매트는 우리 집에서 뭘 하고 있냐면 바닥에서 러그인 척하고 있다. 그 위에 좌식 테이블을 두고 보드게임을 하면 친구들이 덥다고 한다. 나는 원래부터 이러려고 전기온열매트를 산 척한다.

▸ 10월 한 달간 유튜브나 인스타 라이브에 몇 번 나갔다. 한편 올해 단행본을 낸 친구들, 평소 내가 관심 있어 하던 작가님들도 인스타 라이브를 촬영해서 10월에는 출연자로서도 시청자로서도 참여할 기회가 많았다……고 할 수 있겠다. 궁금한 점은 이것이다: 시청자일 때는 너무 재미있는데 출연자일 때는 뭐가 뭔지 모르겠어서 아무 말 페스티벌을 벌이는지라 내가 출연한 클립들도 이만큼

재미있을지 잘 모르겠다……는 것. 영상물은 아무래도 모니터링하기가 쑥스럽기도 하고, 쑥스러움을 무릅쓰고 모니터링을 해도 나한테는 내가 하는 모든 말이 그냥 내가 원래 평소 하던 말로 들려서 재미고 뭐고, 역시 잘 모르겠다…….

▸ 칼 구스타프 융의 이론?이라고 해야 할까 개념……이라고 해야 할까, 아무튼 그런 것들 중에 '동시성synchronicity'이라는 것이 있다고 들었다. 이 앉은자리에서 그냥 인터넷 검색으로만 알 수 있는 정보를 조금 다듬어보면 의미 있는 우연의 연속/결합과 그것이 인간의 의식을 자극하는 방식을 이르는 개념인 것 같다. 융이 어떤 내담자에게서 전날 밤 황금 풍뎅이 꿈을 꾸었다는 이야기를 듣고 있었는데, 마침 그때 풍뎅이 한 마리가 닫힌 창 안으로 날아들어 오려 하며 창을 두드렸고 융은 내담자에게 저런 풍뎅이 말인가요, 라고 했다는…… 그런 일화가 있다고 한다. 이 일화와 개념을 소개하고 있는 블로그들이 대부분 사주 명리 타로 분야에 특화된 곳들이었던지라 학술적으로 어디까지 유효하게

보아야 할지 잘 모르겠지만…… 그렇다고 한다.

이 긴 얘기를 왜 했냐면 나도 소설이 발표된 시점의 현실과 내 소설의 내용이 의미 있는 우연으로 연결되는 경험을 종종 하기 때문이다. 가령 평양 출신 주인공이 나오는 첫 장편을 공모전에 투고하고 결과를 기다리던 사이에 남북 최고 지도자의 대면을 생중계로 보게 된 것이라든지…… 가장 최근의 예를 들면, 한국인이라면 누구나 알고 있는 경영계의 거인이 숨을 거둔 날은 원고 마감일이기도 했는데, 그날 송고한 내 소설에도 어떤 재벌 남성이 죽는 내용이 나오는…… 그런 식이다.

물론 읽는 이들에게는 별것 아닌 우연으로 보일 법한 작은 충돌들인 것을 안다(혹은 인정한다, 라고 해야 할까?). 그렇지만 소설을 쓰는 동안 실제-현실 세계보다는 소설 속의 세계에 더 오래 몰입하기 마련인 작가에게는 이 동시성이 그렇게 하찮게만 보이지는 않는다. 도리어 그 속성에 집착하려는 경향이 있다……. 그것은 소설가적 자아의 나쁜 습성 중 하나일 것이다.

▸ 9월에서 10월 사이 독자와의 만남을 가질 때마다 듣는 차기작에 대한 질문에 나는 (이미 집필이 예정된 작품들이 있지만 그것들을 제외하면) 여성 코미디언들에게 관심이 많다는 답을 해왔다. 그리고 오늘에 이르러…… 내가 정말 좋아하던 여성 코미디언이 극단적 선택을 했다는 소식을 들었다. 위에서 열심히 설명한 동시성…… 이론…… 같은 것으로 이 일과 저 일 사이의, 그러니까 나의 소재적 관심과 실제로 일어난 사건 사이의 연관을 밝힐 수는 없고, 그러려는 시도 자체가 사실…… 매우 무례한 것이다(그렇지만 이 글을 쓰게 만든 것이 바로 이 심리라는 것 또한 정확하게 인지해야 한다. 균형을 잡기가 정말 어렵다).

대신에 이런 식으로 말해볼까 한다: 나는 여성 코미디언 세계에 정말 관심이 많다. 여성 코미디언들의 활약을 인정하고 (새삼스럽지만) 장려하는 요사이 방송계의 새로운 흐름과 전혀 무관하지는 않겠지만, 나의 관심은 좀 더 오래되고 본격적인 것이었다고 나는 믿고 싶다. 나는 〈개그콘서트〉 1회의 김미화를 기억하고, 김미화가 김진숙에게 연대한 것을 기억한다. 〈팔도모창

가요제〉라는 명절 파일럿 예능 프로그램을 통해
데뷔한 조정린과 박슬기가 시트콤의 전성기에
어떤 식으로 활약했는지를 기억하고 그리워한다.
〈막돼먹은 영애씨〉 김현숙이 출산드라 캐릭터로
활약하던 시절 한 초등학생으로부터 "덕분에
비만이라고 놀림당하지 않고 축복받았다고 부러움을
산다"는 팬레터를 받았다는 에피소드를 좋아한다.
무다리와 껌딱지 가슴을 소재 삼던 시절을 지나(정말
우리는 그 시대를 지났을까?) '배운 개그'를 시전하던
박지선을 좋아했다. 여성 코미디언들에 대한 나의
마음은…… 오랜 친구에 대한 마음과 비슷하다.
사랑과 지지에 그때 왜 그랬냐고 묻고 싶은 원망과
미움이 조금은 섞여 있는 마음. 박지선에 대해
특히 그랬던 것 같다. 박지선은 출연한 코너마다,
연기한 캐릭터마다 유행어를 만들어낸 유능한
코미디언이었지만 〈봉숭아 학당〉처럼 '떼거리'로
나와서 캐릭터성을 자랑해야 하는 코너에서는 다른
사람들처럼 자기 외모를 웃음거리로 삼는 방식으로
개그를 했다. 한편 그건 '다른 사람들처럼' 한 것이
아니기도 했다. 개그계에서는 유니크한 외모를

'이용'하지 않는 것이 일종의 낭비로 취급되는 경향이 있기 때문이다. 그렇지만 그것이 박지선의 박지선 됨을 정말로 잘 드러내는 방식인지가 늘 의심스러웠다…….

이 원망을 함부로 밖에 꺼내놓지 않는 까닭은 그들의 생존 방식을 제대로 이해하지 못한 채로 비난하는 것에 그칠 가능성이 크기 때문이다. 어떻게 살았을까. 무엇과 싸우고 있었을까. 정체를 알 수 없는, 그러나 짐작만 가능한, 한편으로 짐작하는 일마저 실례가 아닐까 싶은 무언가가 그를 괴롭히고 있었던 것만이, 이제는 분명해졌는데, 그것에 대해 전혀 알지 못했다는 사실이 무척 괴롭고 아프고 죄송한 마음이 든다. 그러니까 이 또한…… 이상하게도 친구들에 대한 마음과 비슷한 것 같다.

멋쟁이 희극인 박지선 님의 명복을 빕니다.

알게 되겠죠

2020년 12월 1일

1. 근 한 달여 사이에는 그리 특별한 사건이 없었다. 바쁘게 이것저것 했으니 할 말이 많아야 옳겠는데, 그 바쁜 일이란 대부분 지원사업 신청이나 에세이 쓰기 같은 것이었고 딱히 밖에 나가 바람 쐴 일도 없었고…… 새로운 얼굴은커녕 익히 아는 얼굴들도 별로 마주하지 못했다. 즉 집 안 한자리에 앉아 무슨 얘길 더 하기도 어려운 마감을 하염없이 반복했을 따름이라 떠오르는 글감이란 온통 내면이나 과거를 향하고 있는데,

2. 요즘은 내면이나 과거 얘기를 별로 하고 싶지 않다. 이유는 옹색하다. 필연 나를 불쌍히 여겨달라는 어조가 될 만한 이야기들밖에 떠오르지 않기 때문이다. 언젠가는 (작가로서) 밝혀야 할 사연들이 있다는 것은 나도 의식하고 있으나, 내 삶에 얽힌 논픽션이 내가 쓰는 픽션에 어떤 식으로든 영향력을 행사하게 하고 싶지 않다…… 적어도 아직은. 말하자면, 저 사람이 이러이러한 소재와 모티프를 즐겨 쓰는 이유는 어렸을 때 이러이러한 사건이 있었기 때문이겠지?라고 상상하는 건 독자의 자유지만, 그런 힌트를 일찌감치 주지 않으려는 것만은 내 마음이지 않나.

조수미 씨가 로마에 도착해서 쓴 첫 일기는 그가 유학 생활 내내 지킬 원칙을 담은 것이었다. "어떤 고난이 닥쳐도 (…) 늘 도도하고 자신만만할 것." 조수미 씨는 이렇게 쓴 다음, 원칙을 철저히 지키되, 오랜 세월 동안 비밀로 했다.

언젠가 내게도 이제는 말해도 좋을 것 같다는

종종 “사랑하면 알게 되고 알면 보이나니, 그때 보이는 것은 전과 같지 않으리라”라는 말이 떠오른다. 이 말은 어디서 들었더라 고민하다 결국 검색 엔진의 도움을 받았는데 『나의 문화유산 답사기』 1권 머리말이라고 한다. 내가 그걸 언제 읽었지?

오늘은 예쁜 걸 먹어야겠어요

초판 1쇄 2021년 12월 28일

지은이 박서련
펴낸이 박진숙 | **펴낸곳** 작가정신
편집 황민지 | **디자인** 이아름 | **마케팅** 김미숙
홍보 조윤선 | **디지털콘텐츠** 김영란 | **재무** 오수정
인쇄 및 제본 한영문화사

주소 (10881) 경기도 파주시 문발로 314
대표전화 031-955-6230 | **팩스** 031-944-2858
이메일 editor@jakka.co.kr | **블로그** blog.naver.com/jakkapub
페이스북 facebook.com/jakkajungsin
인스타그램 instagram.com/jakkajungsin
출판 등록 제406-2012-000021호

ISBN 979-11-6026-258-2 03810